이레몽거 3부작 2권

파울샴

글·그림 | 에드워드 캐리
옮긴이 | 이지안

Foulsham: The Iremonger Trilogy 2 by Edward Carey

Copyright ⓒ 2014 by Edward Carey
All rights reserved.
This Korean edition was published by Marco Polo in 2025 by arrangement with Edward Carey c|o Blake Friedmann Literary Agency Ltd through KCC(Korea Copyright Center Inc.), Seoul.

이 책은 (주)한국저작권센터(KCC)를 통한 저작권자와의 독점계약으로 마르코폴로에서 출간되었습니다. 저작권법에 의해 한국 내에서 보호를 받는 저작물이므로 무단전재와 복제를 금합니다.

에드워드 캐리
파울샴

IREMONGER
No. 2

글·그림 에드워드 캐리 | 옮긴이 이지안

마르코폴로

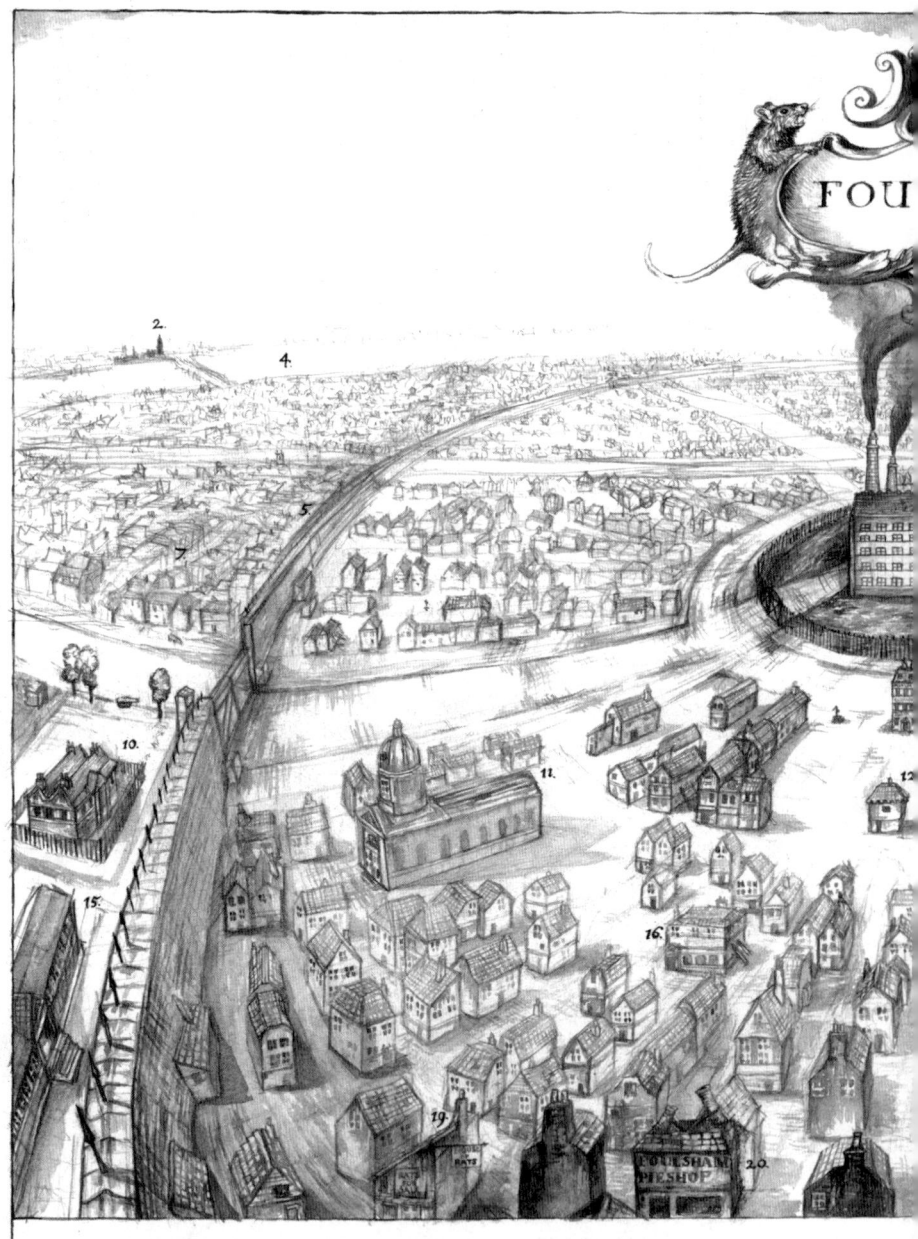

1. 베이리프 하우스 공장 2. 의회의사당 3. 힙 하우스 4. 템즈강
5. 런던 성벽 6. 쓰레기 성벽 7. 램버스 거리
8. 런던 쓰레기처리장 9. 휘팅 부인의 하숙집 10. 런던 성벽 지구대
11. 곡물거래소 12. 약국 13. 경찰서

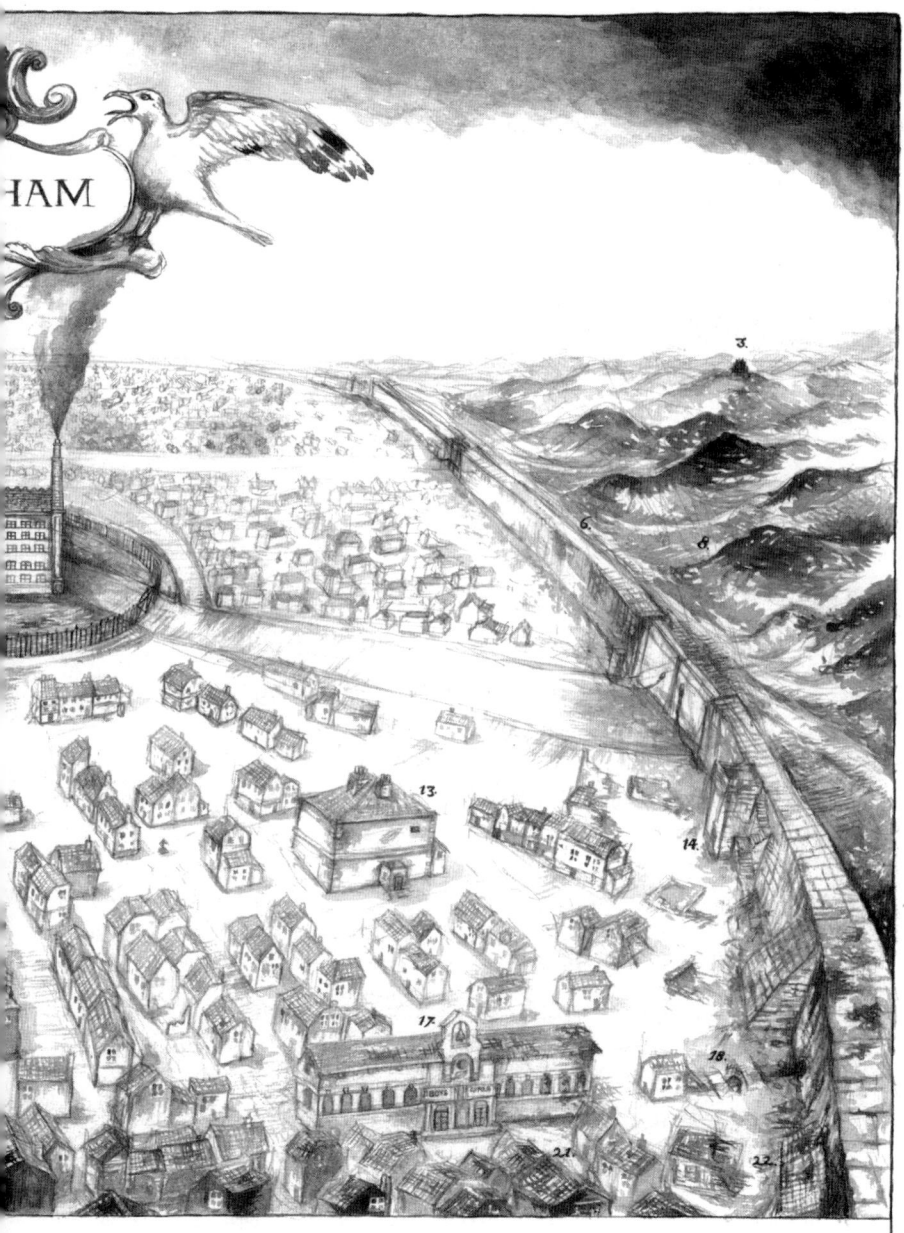

14. 쓰레기 성벽의 포탑 15. 램버스 막사
16. 더미 쉼터 17. 학교 18. 사라 제인이 숨은 곳 19. 쥐잡이의 집
20. 파이 가게 21. 재단사의 은신처
22. 고아원

차례

제1부 파울샴의 거리들

제1장 | 어린이 방에서 본 관찰 기록 ·············· **13**

제2장 | 저 깊은 쓰레기산 아래 ················ **33**

제3장 | 하프 소버린 금화의 모험 ·············· **39**

제4장 | 쓰레기산의 남자 ···················· **53**

제5장 | 공고문 ·························· **69**

제6장 | 소년을 찾습니다 ···················· **79**

제7장 | 쓰레기 더미가 두드린다 ··············· **89**

제8장 | 다시 부활하다 ····················· **97**

제9장 | 에프라 강을 따라 ··················· **101**

제10장 | 파울샴의 재단사 ··················· **107**

제11장 | 파울샴 거리에서 ··················· **115**

제12장 | 맹세와 무장 해제 ·················· **121**

제13장 | 맥주와 숙소 ····················· **131**

제14장 | 태양이 떠오르기 전에 ··············· **139**

제2부 루시의 집

제15장 | 다시 찾은 나의 집 ················· **147**
제16장 | 성벽은 버틸 수 없다 ················ **169**
제17장 | 나의 유산 ························· **173**
제18장 | 화덕에 갇히다 ····················· **179**
제19장 | 오, 나의 빨간 머리 소녀 ············ **191**
제20장 | 말살 명령 ························· **199**
제21장 | 성문을 향해 ······················· **207**

제3부 베이리프 하우스 공장

제22장 | 성문에서 ························· **217**
제23장 | 성문 너머에서 ····················· **225**
제24장 | 진격하는 파울샴의 군대 ············ **233**
제25장 | 혈통 ······························ **239**
제26장 | 새로운 관찰 기록 ··················· **249**

거스를 위하여

제1부

파울샴의 거리들

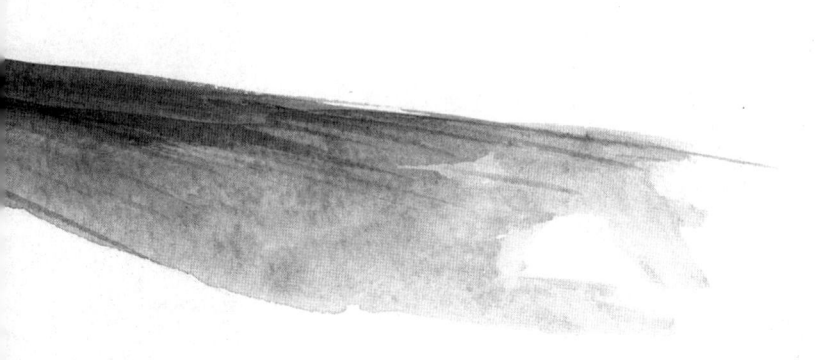

제임스 헨리 헤이워드와
그의 가정교사 에이다 크룩섕크스

제1장
어린이 방에서 본 관찰 기록

런던 포를리칭엄 파크,
베이리프 하우스 공장의 소유물인
제임스 헨리 헤이워드의 이야기

그들은 내가 이 큰 저택에 사는 유일한 아이라고 말했다. 하지만 그것은 거짓말이다. 가끔 아래층 어딘가에서 아이들의 소리를 들을 수 있었으니까 말이다.

나는 주로 '에이다 크룩스행크스'라는 이름의 가정교사와 함께 지냈다. 종종 그녀는 아주 고약한 냄새가 나는 물약을 숟가락에 따라주었는데, 그걸 마시면 마치 겨울이 물러간 것처럼 따뜻한 온기가 느껴졌다. 후식으로는 파운드 케이크, 홍차 케이크, 또는 포를리칭엄 파이를 받았다. 내가 가장 싫어하는 간식은 포를리칭엄 파이로, 음식 찌꺼기를 재활용한 반죽에 떨떠름한 맛을 감추려고 달콤한 흑당을 섞어 만든 것이었다. 크룩스행크스는 내가 그 파이를 남김없이 먹는지 지켜봤고 조금이라도 남기면 화를 냈다.

그녀는 동화책을 읽어주는 대신 그녀의 머릿속에서 나올 법한 이상한 이야기를 들려주었다. 아주 근엄한 표정으로 나를 물끄러미 보며 항상 이런 말로 이야기를 시작하곤 했다.

"이제부터 네가 모르는 진실을 들려주마. 세상에는 두 가지 유형의 사람이 있어. 사물을 아는 사람과 모르는 사람. 물론 나는 후자에 속하지. 미지의 수수께끼 같은 어떤 곳에서는 사람과 사물이 뒤죽박죽 얽혀 살고 있어. 사람이 때로는 사물로 바뀌고, 사물이 사람의 모습을 띠고 있을 때도 있어. 그래서 물건을 주울 때 아주 조심해야 해. 평범한 찻잔의 정체가 사실은 프레데릭 스미스라는 사람일 수도 있거든. 게다가 성질 고약한 집행관들이 아무렇지 않게 사람을 사물로 바꾸고는 그 주인 행세를 하곤 하지. 너는 이 이야기를 듣고 어떤 생각이 드니?"

"잘 모르겠어요. 크룩스행크스 양."

"그렇다면 한번 곰곰이 생각해보렴."

또한 그녀는 종종 나에게 내 금화를 보여달라고 졸랐다. 이 특별한 금화, 하프 소버린[1]은 항상 내가 품에 지니고 다녀야 했다. 이 금화를 두고 그들은 무척이나 유난하게 굴었다. 밖에서 금화를 꺼내면, 크룩스행크스는 거의 숨이 넘어갈 듯 비명을 질렀다.

"빨리 집어넣어! 다른 사람들 눈에 띄면 안 돼! 누가 보면 어쩌려고 그러니!"

때때로 노인이 자신의 서재로 나를 호출했다. 화려한 서재의 장식장 선반에는 절대 만지면 안 되는 물건들이 전시되어 있었다. 파이프 조각, 지붕 타일, 오래된 주석 컵과 같은 쓸데없는 물건도

● 1 하프 소버린은 1890년 제조된 금화로 약 10실링(약 0.5파운드)의 가치가 있다. 당시 물가에 따르면 영국 노동자의 2~3일치 임금에 해당한다.

있었지만, 화려한 금 제품들도 있었다. 이유는 알 수 없지만, 아마 노인이 아끼는 컬렉션인 것 같았다. 나도 그처럼 언젠가 나만의 컬렉션을 소장하고 싶었다.

그 노인에게 불려 갈 때면, 가장 먼저 내 금화를 검사받아야 한다. 노인은 쭈글쭈글하고 큼지막한 손바닥에 금화를 올려놓고 몇 번씩 뒤집어가며 관찰했다. 그리고 내가 돌려받은 금화를 주머니 깊숙이 집어넣는 모습을 흐뭇하게 지켜봤다.

"제임스 헨리, 나는 항상 네가 자랑스럽구나. 참 잘했어."

"감사합니다. 저야말로 영광입니다."

"이 금화는 절대 사용해선 안 된다."

노인이 항상 나를 만날 때마다 신신당부하는 말이었다.

"네, 각하. 약속하겠습니다."

"제임스 헨리, 내게 다시 한번 약속을 하렴."

"저는 금화를 절대 쓰지 않겠다고 맹세합니다."

도대체 내가 금화를 어디에 쓴단 말인가? 이 공장 안에서 돈을 쓸 일이 없고, 더구나 시내 외출은 처음부터 허락되지 않았다.

"착한 아이구나. 그룸 부인이 디저트를 준비해두었다. 그녀는 포를리칭엄 파크에서 가장 일류 요리사이지. 그런데 매일 음식을 보내주니, 너는 참 행운아란다."

♠

내가 사는 베이리프 하우스는 파울샴 마을의 가장 고지대에 거대한 닻처럼 우뚝 솟아 있는 건물이다. 여기 있으면 모든 것이 자동으로 해결된다. 얼마나 멋진 곳인가! 매일 아침 베이리프 하우스에서 눈을 뜬다는 생각만으로도 밤마다 편안히 잠들 수 있다. 이렇게 훌륭한 저택에서 풍족한 음식을 즐길 수 있다니 나는 정말 행운아가 분명하다. 물론 그들이 쉴 새 없이 그 점을 강조해서 그런 생각이 든 것일 수도 있다.

베이리프 하우스는 일종의 공장으로, 정확히 무엇을 생산하는지 알려져 있지 않다. 용광로와 굴뚝에서 쉼 없이 내뿜는 불꽃과 연기로 늘 찌는 듯 덥고, 마을 전체에 자욱한 그을음 때문에 질식할 것 같다. 기둥과 벽체 사이사이로 커다란 금속 파이프 수백 개가 저택 곳곳에 뻗어 있다. 맨손으로 만지면 동상이 걸릴 것처럼 차가운 파이프가 있지만, 잘못하면 화상을 입을 정도로 뜨거운 파이프도 있다.

베이리프 하우스에는 출입이 제한된 구역이 많다. 특히 2층과 3층은 절대 출입금지 구역이며, 가끔 종소리나 휘파람, 아이들이 아파하며 우는 소리가 들려왔다. 내가 불안해서 안절부절할 때면, 에이다가 망치를 집어들고 천장 위의 파이프를 쾅쾅 때렸다. 그러면 우는 소리가 잠잠해지곤 했다.

"아이들이 우는 소리가 들렸어요! 제가 들었어요."

"글쎄, 나는 아무 소리도 못 들었는데."

그들이 뭐라고 시치미를 떼든, 내 이야기는 분명 진실이다.

♠

내 이름은 제임스 헨리 헤이워드. 나는 쓰레기산 근처에 있는 런던 필칭의 빈민굴에서 태어났다. 에이다가 그렇게 말해줬으니 나는 그걸 믿을 뿐이다. 사실 나는 아무것도 기억하지 못한다. 내 부모님은 어떤 분들일까? 형이나 여동생은 있을까? 내가 이 공장에 언제부터 왔지? 왜 에이다와 함께 살고 있는 걸까?

"제 가족이 아직도 저 마을에 살고 있을까요? 제가 나가서 찾아보면 안 될까요?"

"절대 안 돼. 밖은 불결하고 안전하지 않아. 도둑들, 살인자들, 위험한 부랑자들이 득실거리는 곳이야. 그러니까 너는 창문에서 떨어져 있으렴."

에이다는 단호하게 거절하며 금화로 화제를 돌렸다.

"금화는 잘 간직하고 있겠지? 한 번 더 보여줘!"

창문에서 바라본 필칭에는 작고 가난한 집들이 많다. 버려진 폐가들, 깨진 창문들, 지붕에 숭숭 뚫린 구멍들, 대부분 날림으로 지어진 집들이다. 필칭에는 양옆으로 두 개의 성벽이 있다. 하나는 저 멀리 보이는 쓰레기산과의 경계에 있고, 또 다른 하나는 런던과 필칭의 경계에 있다. 특히 런던의 성벽은 최근에 더 높게 증축한 데다가 벽 위에 뾰족한 금속 파편과 유리 조각이 촘촘히 박혀 있어 접근이 어렵다. 그래서 성벽 너머의 런던은 아주 가깝고도 먼 도시다. 필칭 사람들은 절대 런던을 드나들 수 없다.

내 침실 창문에서 내려다보면 필칭으로 나가는 흰색 건물의 출입구가 보인다. 창밖으로 그 꼬불꼬불하고 어두운 필칭의 거리를 보며 내가 얼마나 필칭을 바라는지 깨닫게 된다. 필칭 어딘가에 내 가족이 살고 있을 테니까.

♠

종종 나는 끔찍한 두통에 시달린다. 정수리가 욱신욱신해지면, 에이다가 나타나 물약을 준다. 그걸 마시면 약간 몽롱하지만, 온기가 퍼지면서 두통이 가신다. 그래서 나는 늘 안개 속에 사는 것 같다. 사실 나는 에이다의 얼굴을 제대로 본 적이 없다. 그녀는 항상 보닛 모자를 쓰고 검은 베일로 얼굴을 가리고 있다. 그래서 그녀를 묘사할 수 있는 특징이 거의 없다.

그런데 아무리 물약을 마셔도 필칭에 있을 가족 생각이 멈추지 않았다.

"제 부모님이 어디 사시는지 아세요?"

"세상엔 그것보다 더 큰 문제들이 많아."

"그분들을 만나고 싶어요. 만약 필칭에 계속 산다면요."

"그건 안 돼."

"왜죠? 왜 안 되나요?"

"넌 맨날 성가신 질문으로 내 부아를 돋우는구나. 좋아, 말해줄게. 필칭은 아주 더럽고 위험하고 악취가 진동하고 질병이 창궐하는 곳이야. 그래서 이제 '필칭'이 아니라 '파울샴'이라고 불리지. 그뿐인 줄 아니? 뒷골목에는 '재단사'라는 악당이 사람들을 살해하고 다녀. 그런데도 누가 죽든 말든 아무도 관심이 없지. 기

● 2 파울샴(Foulsham)은 '악취 나는(foul)'과 '가짜, 엉터리(sham)'의 합성어이다.

어코 나가고 싶으면 나가렴. 넌 일 분도 못 버틸 거야. 파울샴의 공기만 마셔도 전염병이 걸릴 수 있거든."

"하지만 어두운 거리에도 사람들이 살고 있어요. 제가 봤어요."

"그야 그들은 쥐나 바퀴벌레처럼 병들고 죽어가는 사람들이니까."

그때 쥐에 관한 얘기가 불현듯 과거의 기억을 떠올리게 했다. 어떤 허름한 집과 더러운 방. 내가 작은 찬장의 문을 열었을 때, 그 안에서 숨바꼭질하던 소녀가 조용히 하라며 입술에 손가락을 갖다 댔다. 그 기억은 단지 꿈인 걸까? 소녀의 얼굴을 기억해내려고 찬장의 문을 열면 소녀가 아니라 쥐 한 마리가 있었다.

다음 날 밤, 에이다가 자기 방에서 중얼거리는 소리가 들렸다. 무슨 일일까? 그녀는 두 번이나 내 방에 몰래 들어와 내 베개 밑의 금화를 확인하고 갔다. 그녀가 떠난 후 나는 조용히 침대에서 빠져나와 복도 건너편 그녀의 방을 훔쳐보았다. 에이다가 베일을 걷어 올린 채 화장대 거울 앞에 앉아 있었다. 그리고 그때 처음으로 본 그녀의 얼굴은… 오, 세상에!

그녀의 얼굴 한가운데에 커다란 금이 나 있었다! 마치 도자기 인형처럼! 그때 그녀가 나를 발견하고 비명을 질렀다.

"이, 못된 악동 같으니!"

"미안해요. 훔쳐 보려던 게 아니에요."

"고약한 작은 도둑놈!"

"얼굴의 상처가 많이 아프세요? 그렇게 다친 줄은 몰랐어요."

"네가 정말 미워. 당장 물약을 마시고 네 침대로 가!"

"네, 알겠습니다."

그때부터 나는 물약을 더는 먹지 않기로 마음먹었다. 주머니에 슬쩍 숨기거나 기회를 틈타 도로 뱉어냈다. 그러자 눈앞에 뿌연 안개가 사라지고 집중력이 살아났다. 두통이 생긴 대신 많은 기억이 되살아났다. 특히 찬장에서 숨바꼭질하던 소녀가 생생히 떠올랐다. 그 찬장은 소녀가 헝겊 인형을 보관하는 비밀 아지트, 그러면 그 소녀는 어쩌면 내 여동생?

다른 가족들도 보이기 시작했다. 기침하는 늙은 여인, 중년의 남자와 여자, 그리고 소년도 있었다. 그들 모두 작은 새장을 만드느라 분주했다. 새장? 위를 올려다보니 천장에 매달린 새장 안에 지저분한 갈매기와 비둘기 여러 마리가 있었다. 바닥에는 덧문과 용수철이 달린 작은 덫이 있었다. 아, 쥐덫! 심장이 힘차게 두근거렸다. 그래, 그들은 쥐 잡는 사람들이고, 내 가족이다. 힘세고 건장한 아빠, 애정이 넘치고 용감한 엄마, 두 분의 얼굴과 손은 온통 긁힌 상처로 가득하다. 두 분은 필칭의 쥐잡기 챔피언이니까! 엄마한테 쥐덫 제작법을 배우고 있는 남동생, 그리고 헝겊 쥐 인형을 쓰다듬고 있는 여동생. 손가락 두 개가 잘려나간 할머니는 거실 귀퉁이에서 덫을 수선 중이다. 구부정한 허리에 허허 웃으시며 부두 쥐에 관한 동화를 들려주던 할아버지도 계신다. 오, 내가 사랑하는 가족, 그 얼마나 행복했던 시절인가!

집 밖에 바람에 유유히 흔들리고 있는 낡은 간판이 보인다.

쥐잡이 헤이워드, 툰크리드 이레몽거의 공식 허가증 취득

그래, 우리 가족의 가게다! 가게 벽면에는 안내문이 붙어 있었다.

쥐를 판매합니다!
쥐덫, 파리 끈끈이, 갈매기 덫과 미끼 일체를 판매합니다!
갈매기 깃털과 쥐 가죽 한 자루를 덤으로 드려요!
박제술과 접합술 교습도 가능합니다!

아, 얼마나 멋진 집인가! 이제 찾아야 한다. 쥐의 집, 나의 집, 내 가족들!

♠

새로운 모험이 시작되었다. 나는 좀 더 많은 것을 알아내기 위해 매일 아침 에이다가 노인에게 보고하러 갈 때 그녀의 일기를 몰래 훔쳐보았다. 그리고 그 일기에서 발견된 글은 그야말로 나를 혼란에 빠트렸다.

나는 갈라진다, 깨진다, 분리된다. 매일 조금씩 조금씩.
마침내 어느 날에는 나는 산산이 부서질 것이다.
온전히 하나로 있도록 나를 지켜야 해.
하지만 그들은 내게 아무 희망이 없다고, 곧 열이 나고 산산이 깨질 것이라고 말한다.

내일이면? 아니, 아직 시간이 있다. 어쩌면. 아마도.

조금 더 읽어보았다.

아주 조용한 밤이면, 나 자신이 갈라지는 소리가 들린다.
내 피부를 두드리면 톡톡 도자기를 두드리는 소리가 난다.
내가 바뀌는 것일까? 컵과 접시, 그릇과 대접, 도자기처럼?

복도에서 그녀가 올라오는 소리가 들려서 나는 재빨리 일기를 제자리에 돌려놓았다. 다음 날 나는 더 오래, 더 많은 것을 읽었다.

내 부모님은 이탈리아 나폴리 출신의 거리 음악가였다. 그들은 나와 원숭이에게 곡예를 가르쳤고 구경꾼들에게 노래와 춤을 보여주었다. 그들은 필칭의 '쓰레기 하이랜드' 극장에서 공연했다. 지반이 약했던 탓에 어느 날 건물이 무너져 사람들이 죽었고 나 홀로 살아남았다. 나는 극장 바깥에서 샌드위치 좌판을 둘러매고 손님들을 호객하고 있었으니까. 당시 내 나이는 열 살, 그럭저럭 자립할 수 있는 나이였다.
이후로 나는 필칭 여학교에서 보조교사를 맡았다. 어딘가 부모처럼 타고난 코미디 배우 기질이 있었지만 이탈리아 사람처럼 보이지 않으려고 노력했다. 그때 크랜지니에서 크룩스행크스로 성을 개명했다. 마치 근엄하고 존경받는 영국 귀족이 된 듯 느껴졌다.

학교 교장인 윈스럽 부인한테 나는 영어를 배웠다. 혈관에 흐르는 것이 피가 아니라 술이라고 해도 좋을 만큼, 그녀는 고주망태가 되도록 술을 마시곤 했다. 차츰 그녀 대신 내가 학생들을 가르치는 일이 많아졌다. 사람들은 나를 매우 행실이 똑바르고 신망 있는 사람으로 여겼다.

윈스럽 부인이 그토록 술을 많이 마신 이유는 사랑하는 남편을 잃었기 때문이다. 어느 날 아침 갑자기 남편이 사라졌고, 그때부터 그녀는 나무 회초리를 닦으며 남편을 회상하곤 했다. 지금 돌이켜보면, 그 회초리가 그녀의 남편이 바뀐 게 아닐까?

그리고 아이들 몇 명이 실종되었다. 대신에 종전에 못 보던 물건들이 남겨져 있었다. 놋쇠 심벌즈, 우유 단지, 채찍, 낚싯바늘…. 내가 기억하는 마지막 순간은 친절해 보이는 어느 남자로부터 과자를 받았다는 것뿐이다.

아, 나는 에이다로 살고 싶다. 과거 유약한 시절에서 벗어나 분명히 선언한다. 나는 앞으로 에이다 크룩스행크스로 살 것이다!

마지막으로 일기를 봤을 때, 나는 이런 대목을 발견했다.

이레몽거 가문은 수호물을 잘 간직해야 한다. 이레몽거들은 수호물을 잃으면 쓰레기 열병에 걸리게 된다. 나는 내 수호물인 점토 단추를 잃어버렸기 때문에, 제임스 헨리 헤이워드와 함께 지내야 한다. 제임스 헨리는 수호물로 빛나는 금화를 가지고 있는데, 금화의 정체가 무엇인지, 또 왜 우리가 금화를 보호하려고 애쓰는지 전혀 짐작조차 못한다.
하프 소버린 금화에 아주 특별한 소년이 갇혀 있다. 그 소년은 사물의 지배자 움비트에 버금가는 능력이 있다. 과거 그 소년은 평범한 하녀와 사랑에 빠져 모든 사물의 질서에 대소동을 일으킨 바 있다. 단지 사랑에 빠졌다는 이유로 그런 혼란을 일으켰다면, 앞으로 더 큰일도 가능하지 않겠는가? 그 소년은 매우 위험하고 경이롭기 때문에, 당분간 금화로 있어야 안전할 것이다. 움비트는 아직 아무것도 결정하지 않았다. 그 소년을 끝장낼지, 아니면 금화에서 내보낼지 말이다.
가끔 금화를 바라보며 나는 생각한다. 금화가 다시 사람으로 바뀌면 나를 도울 수 있을까? 그렇다면 저 불쌍한 제임스 헨리는 어떻게 될까? 내가 경고해야 할까? 움비트가 너를 살릴지 말지를 저울질하고 있다고? 그렇다면 그의 운명이 바뀔 수 있을까?
금화 속 소년은 아주 어두운 사랑에 묶여 있다. 하지만 나와 제임스 헨리는 반대편에 있으니 금지된 사랑이 부활하지 않아야 살 수 있다. 움비트와 이레몽거들이 아무리 막으려고 해도, 금지된 사랑은 서서히 족쇄가 풀리고 있다. 과거의 연인들이 살아날 것이다. 그때 나는 산산이 조각날 것이다.

일기의 내용은 이해되지 않았으나, 나는 공포를 느꼈다. 어서 베이리프 하우스에서 탈출해서 파울샴으로 나가야 한다. 그리고 가족을 찾기 위해서는 소중한 금화도 필요하다. 하프 소버린은 아주 큰돈이니 뭐든 살 수 있을 것이다.
나는 침대에 누워 이불을 머리끝까지 덮어쓰고 누웠다. 저들이 실수할 때를 기다릴 것이다. 비록 내가 힘없고 멍청하고 순진하지만, 가슴속에는 분노가 들끓었다.

♠

매일 아침 복도 건너편 침실에서 에이다가 찾아오면, 나는 물약 복용, 주머니 검사, 금화 관찰이라는 의례적인 일상으로 하루를 시작하곤 한다. 그런데 그날 아침, 아니 그날 이후로 영원히 에이다가 나타나지 않았다. 건너편 침실에도 그녀의 모습은 보이지 않았다. 돈이나 사랑을 찾아 떠났을 리도 없고, 평소의 그녀답지 않게 침대의 이불도 흐트러져 있었다. 그런데 침대 위에 아주 평범한 성냥 상자가 놓여 있었다. 왜 여기 있지? 자세히 살펴 보니 성냥 상자 위에 <귀하의 편의를 위해 밀봉했음>이라고 적힌 띠지가 있었다.

창문 밖은 희뿌옇지만 아직도 어두웠다. 불빛이 있으면 좋을 텐데. 그래서 나는 봉인을 떼고 성냥개비 하나를 꺼내 불을 붙였다. 기묘한 불꽃이 타올랐다. 약하고 슬퍼 보이는 불꽃! 성냥이 꺼지기 전에 간신히 초에 불을 켤 수 있었다.

어디에도 그녀의 자취는 없었다. 그런데 그녀의 검은 드레스가 의자에 비스듬히 펼쳐져 있어서 마치 풍선의 바람이 빠진 크룩스행크스처럼 보였다. 마치 외투와 보닛과 끔찍한 베일을 두르기 직전인 것처럼. 그렇다면 그녀는 잠옷 차림으로 나간 걸까?

별안간 멋진 생각이 떠올랐다. 내가 해낼 수 있을까?

바깥은 아직 어두웠다. 만약 내가 크룩스행크스로 분장한다면! 검은 베일을 쓴 그녀가 나를 탈출시켜 줄 거야. 무모하지만 그보다 더 좋은 기회는 없다.

자, 그럼 해보자.

그녀의 검은 드레스를 내 옷 위에 걸쳐 입었다. 여자 옷을 입는 것은 만만치 않았고, 더구나 그녀는 마른 체격이라 몸에 꽉 끼었다. 어서 서둘러, 제임스 헨리! 보닛 위에 검은 베일을 덮고 거울을 보니 불빛이 약한 곳에서는 충분히 속여넘길 만했다. 검은 레이스 업 부츠를 신자, 키도 그녀의 키와 얼추 비슷해 보였다. 잠깐! 내 방으로 돌아가 베개 밑의 금화를 꺼냈다. 자, 준비 끝!

예상대로 건물 옆 경비실에 수위가 지키고 있었다. 깜박 잠이 들었는지 수위가 눈을 비비면서 내게 인사했다.

"안녕하세요, 크룩스행크스 양. 어디 외출하세요?"

나는 아무 말 없이 그녀 특유의 코웃음을 쳤다. 늘 투덜대고 쌀쌀맞은 가정교사 흉내에 적당했다.

"이른 아침부터 외출하네요. 혹시 제가 도울 일이라도?"

나는 머리를 좌우로 흔든 후, 친절은 원치 않는 듯 혀를 끌끌 찼다. 그리고 끔찍한 하이힐 소리를 내며 계단을 내려갔다. 하마터면 균형을 잃고 베일을 떨굴 뻔했다.

"정말 괜찮으신가요?" 수위가 나를 불렀다.

나는 화가 난 듯한 쉿 소리로 대답했다. 그건 제대로 성공했다. 베이리프 하우스의 일층으로 내려가는 동안, 나를 막는 사람은 아무도 없었다. 사무실에는 하루 일과를 준비하는 이레몽거들이 책상들 사이로 정신없이 뛰어다니고 있었다. 때때로 멈춰서서 인사하는 사람들도 있었지만, 나는 못 본 척 지나쳤다. 갑자기 들린 경적소리에 잠시 기겁했다. 그것은 성벽 너머 쓰레기산에서 오는 증기기관차의 소리다. 노인이 곧 도착해서 나를 서재로 부를 것이다. 어서 서둘러야 한다. 건물 정문에는 또 다른 수위가 보초를 서고 있었다. 나는 최대한 목청을 가다듬고 냉정한 목소리로 말했다.

"밖에 나갈 테니까 문 열어주세요."

"물론입니다. 크룩스행크스 양, 당신이 원하신다면."

정문이 열리고, 나는 승리에 차서 파울샴의 거리를 향해 달려갔다.

♠

밖은 아주 쌀쌀했다. 기차 엔진 같은 입김이 흘러나왔다. 저 멀리서 쓰레기산이 우르릉대고, 쓰레기의 파도가 성벽에 부딪히는 소리가 들렸다. 해는 구름에 자취를 감췄고, 재와 그을음이 대기에 둥둥 떠다녔다.

구석진 뒷골목에서 나는 크룩스행크스의 드레스를 뜯어내고 원래 옷차림으로 돌아왔다. 따로 신발을 챙기지 못했지만, 어차피 파울샴 아이들 대부분이 맨발 차림이었다. 드레스를 찢어 신발처럼 묶고 나니까 비로소 베이리프 하우스를 떠났다는 것을 실감했다. 주머니에 든 하프 소버린을 만지며 온기를 느꼈다. 작은 동행인과 같다고 할까? 어쨌든 이 금화가 한때 사람이라고 했으니까. 아, 나만의 소브. 네가 누구든, 너와 함께여서 정말 기뻐.

모퉁이를 몇 번 돌자 인파가 많은 거리가 나왔다. 하수구 근처에 누더기 차림의 사람들이 축 처져 있었고, 아이들이 맨발로 달음박질하고 있었다. 상상보다 더 지저분했다. 내가 이토록 눈에 띌지 몰랐다. 발에 누더기를 걸쳤는데도, 그들에 비해 너무 잘 차려 입은 옷차림이라 다들 나를 빤히 쳐다보았다. 나는 여기에 어울리지 않았다. 그렇다고 되돌아갈 수도 없었다.

"어이, 도움을 원해?"

낯선 사람이 말을 걸자, 나는 대답하는 대신 마구 도망치기 시작했다.

"왜 저래? 뭔 짓을 했길래 도망치는 거야?"

"이봐, 멋쟁이, 혹시 네가 재단사라는 녀석이야? 잠깐 멈춰."

사람들이 큰 소리를 치며 나를 쫓았고, 구경하는 아이들은 노래를 부르며 놀려댔다.

    침과 가래를 뱉어라.
    너는 어디로 가니? 포플리칭엄 파크?
    너는 이곳에 묶인 몸.
    떨어지고 미끄러지고 넘어지고 갈비뼈가 부러지고,
    머리를 쾅 바닥에 부딪히면
    자, 파울샴, 여기가 네가 누울 곳이야.

내게도 익숙한 노래였다. 분명히 나도 어린 시절에 이 더러운 거리를 뛰어다닌 거야. 20명이 넘는 남자들이 나를 쫓아왔다. 그때 별안간 키 큰 거친 사내가 내 앞길을 막았다.

"여기 파울샵 사람들은 모든 것을 공유하지. 네가 가진 것 좀 내놔 봐. 그게 뭐든 내 것도 되니까."

갑자기 튀어나온 커다란 손을 피하려고 나는 주머니에서 뭔가를 꺼내는 척하다가 잽싸게 다른 골목으로 도망쳤다. 등 뒤에서 그 남자의 외침이 들렸다.

"저 녀석이 가진 것은 다 내 거야. 저 뚱뚱한 아이를 잡아라!"

눈앞에 '파울샵 파이'라는 가게 간판이 보였다. 무작정 안으로 뛰어들었다. 내가 들어가자 연기가 자욱한 가게 테이블에 앉아 있던 사람들이 모두 쳐다봤다. 잠시 여기서 쉬다가 나갈 계획을 세웠다. 그때 더러운 앞치마를 두른 소녀가 다가왔다.

"뭘 주문할 거야?" 비쩍 마른 소녀가 물었다.

"실례지만 혹시 쥐의 집을 아세요?" 내가 물었다.

"실례든 아니든 관심 없고, 무엇을 주문할 거니?"

"아, 물론 배가 고파요. 오전 내내 아무것도 먹지 못했거든요."

"그럼 양 많은 걸로 주문하면 되겠네?"

"네, 그러면 될 것 같아요."

"자, 그럼 메뉴를 골라. 하지만 돈이 없다면 음식은 꿈도 꾸지 마. 너, 돈은 갖고 있겠지?"

"네, 돈은 있어요."

"자, 그럼 벌써 50번도 넘게 물어본 것 같은데, 메뉴는 뭘로 할 거야?"

"여기서 무엇을 팔죠?"

"파이!" 그녀는 고함을 지르며 대답했다. 그리고 더욱 큰 소리로 외쳤다. "그리고 구운 빵!"

"그럼 구운 빵과 파이 한 개씩 주세요. 감사합니다."

"이 얼간이, 먼저 돈을 줘야지. 파이는 그다음이야. 돈을 안 내면 다시 저 골목으로 나가야해."

"돈은 있지만, 그걸 쓰고 싶지는 않아요."

"다들 그래. 다들 돈을 내놓기 싫어하지. 찰리를 부를까? 찰리! 여기 돈을 안 내려는 손님이 있어."

증기로 가득한 가게 귀퉁이에서 아주 큰 체구의 사나이가 서서히 움직이기 시작했다. 나는 주머니 속의 하프 소버린을 꽉 움켜쥐었다.

"물론 돈은 있어요. 하지만 제게 아주 특별한 금화라서 절대 쓰고 싶지 않아요."

"네 위장에 대한 의리가 먼저겠지. 돈을 내놓지 않으면 아무것도 받지 못해."

"이건 제 것이에요."

"아니, 이제는 내 것이야."

그녀는 나의 금화를 움켜쥐고 자리를 떠났다. 아, 나의 하프 소버린! 왜 이렇게 눈물이 흐를까? 나만의 소브!

내 피 같은 소브!

비나디트

제2장
저 깊은 쓰레기산 아래

지금은 아무도 살지 않는 포를리칭엄 폐쇄구역의 이야기

그것을 찾은 것은 나야. 그러니까 그것은 내 거야.

며칠간 날씨가 나빠 쓰레기산 위로 올라가지 못했다. 나는 쓰레기산 아래 어둠 속에서 살고, 가끔 멋진 것을 찾을 때만 올라간다. 특별한 물건을 찾으면 나는 노래 부르고 고함 치고 환호성을 지른다.

"비나디트! 비나디트! 비나디트!"

이 소리가 내가 하는 말의 거의 전부다. 이레몽거들이 나를 쓰레기산에 버렸다. 그런데 끈질긴 생명력을 가진 나는 이곳에서 자라며 체구가 두 배나 커졌다. 이제는 오히려 이레몽거들이 나를 두려워한다.

나는 쓰레기가 가득한 황무지의 일부이며 야생의 남자다. 쓰레기산은 처음 보는 사람들에게는 그저 쓸데없는 회갈색 덩어리에 불과하겠지만, 내게는 만화경 같은 놀이 공원이다. 나는 쓰레기산과 한몸이다. 내가 부르면, 쓰레기들은 내 주위를 둘러싸고 돌진

한다. 그래서 우리는 아주 큰 거인이 된다! 성벽 너머에서 온 노동자들은 저 멀리서 느릿느릿 움직일 뿐, 내 존재를 알아채지 못한다. 나는 어디에나 있어. 하지만 너희는 나를 볼 수 없지.

그런데, 어디까지 얘기했지? 나는 철학자가 아니니까 아주 천천히 말해야 해.

자, 내 이름은 비나디트, 여기는 내 집, 그리고 이것은 내가 찾은 거야! 이것은 아무 소리를 내지 않지만, 좋은 게 분명해. 내가 이것을 쥐고 저 아래 깊은 곳으로 데려갈 거야. 그리고 내 얘기를 들려줄 거야.

자, 이제 내가 찾은 점토 단추에 관한 이야기를 해 줄게.

멍청이 비나디트, 줏대 없는 비나디트, 영원히 살아 움직이는 쓰레기, 바보, 백치…. 나는 항상 냄새를 잘 맡아. 1,000미터 떨어진 곳에서도 고대의 악취와 새것의 악취를 구분하고 오물의 신선도를 구별할 수 있어. 쓰레기산에서 나만의 땅굴도 찾았지. 난 이곳을 사랑해. 그리고 나는 무엇이든 꿀꺽 삼키고 소화할 수 있어. 가끔 토해낼 때도 있지만 말이야. 고무, 옷감, 가끔은 쇠붙이도 먹어. 특히 금속은 피 맛이 나서 좋아해.

음, 그때 나는 겨울 폭풍이 지나간 후 쓰레기산 위에 올라가 햇볕을 쬐고 있었어. 뭔가 새로운 것을 찾고 싶었지. 갈매기는 한입에 꿀꺽. 쥐는 살았든 죽었든 좋은 먹이감이야. 내 위장은 철통 같으니 나는 '미스터 대식가'라고 할까? 그때 발견했어. 점토로 만든 단추. 나는 단추를 아주 좋아해서 제비 뽑은 기분이었어. 동굴 속 금고에 넣을 때까지, 이 점토 단추를 잃어버리지 않게 콧구멍

속에 넣어둘 거야.

  너는 어디서 왔니? 그래, 넌 저 멀리 이레몽거의 저택에서 왔구나. 피가 흐르고, 침과 오물이 가득한 집. 쓰레기 중의 쓰레기. 네가 무슨 짓을 했길래 그들의 미움을 받았지? 아냐, 상관없어. 이제 너는 내 것이니까, 이 깊은 쓰레기산 아래로 오렴. 나의 점토 단추!

♠

  과거, 미래, 현재… 나와 상관없는 말들. 내게는 어제가 오늘이고, 내일도 오늘이야. 금요일이나 화요일이나 다를 게 없고, 크리스마스, 미가엘 축일, 성촉일, 마르텐 축일도 중요하지 않아. 사순절과 부활절은 더 말할 것 없지. 일 년 내내 밤낮이 모두 똑같아. 쓰레기산 위로 올라올 때만 시간을 알 수 있지. 검은 진액의 강이 흐르는 쓰레기산 아래는 계절의 변화를 알 수 없어. 흙더미에 뒹구는 잡초에 꽃이 피고 나서야 봄 소식을 깨닫게 되지. 그래, 여기에도 꽃이 자라고 있어. 이레몽거들도 이 끈질긴 아름다움을 지워버리진 못해.

  여기에 사는 생물은 앞을 못보는 쥐들과 가끔 날지 못하는 갈매기들뿐이야. 때때로 나도 장님이 될까 두려워. 쓰레기산 위의 광활하고 높은 하늘이 두렵고 약한 햇빛에도 눈이 시리거든. 항상 칠흑 같은 어둠과 적막이 있는 곳. 평화와 망각이 있는 곳.

  나의 성, 나의 오두막, 나의 별채, 나의 왕국, 나의 금고. 내 동굴은 한때 은행가가 쓰다가 버린 대형 안전 금고로 만들어졌어. 거기에 보물을 전부 간직해 두었지. 아주 날카롭고 부드럽고 바삭하고 뾰족한 모든 것들. 버려졌지만 내가 쓰다듬고 아끼는 것들.

그런데 지금은 평화가 깨졌어. 점토 단추를 찾은 때부터 시간이 다시 흐르기 시작하고 기억이 돌아왔어. 어둠 속에서 몇 년이나 잊으려 했던 기억 말이야.

필칭 사람들은 나를 '그것'이라고 불렀어. 쓰레기산에 사는 '그것.'

성벽 너머 필칭에는 두 개의 성벽이 있어. 성벽 하나는 룽던 사람들이 필칭과 룽던을 나누기 위해 세웠고, 또 다른 성벽 하나는 필칭 사람들이 쓰레기산과 필칭의 경계에 세웠지. 나는 여기 쓰레기산에 버림받았어. 엄마, 살과 피가 섞인 엄마가 나를 따분하다고 생각해서 이곳에 버렸어. 그렇지? 그런데 엄마가 내게 작은 깡통 하나를 기념품으로 남긴 거야. 깡통 위에는 삐뚤삐뚤한 글씨체로—아마 머리핀, 유리 조각, 아니면 녹슨 못으로 새긴 걸까?— 이렇게 적어두었지. "비나디트, 편안히 잠들기를(BINADIT, R.I.P.)"

아냐, 나는 죽지 않았어. 왜 나를 원하지 않았지? 왜 거기에 버리고 간 거야? 어쨌든 주위의 쓰레기 더미들이 나를 지켜주고 먹여줬지. 쓰레기산이 나의 엄마가 되어 주었어.

저 단추가 오기 전에는 그걸 기억하지 못했어. 저 단추를 저주할 거야. 저 단추를 부수고 뭉개버리고 자근자근 씹어댈 거야. 오, 단추의 잘못이야! 그전에 내가 모은 단추들은 아주 착했어. 왕관

장식이 달린 단추, 돛이 그려진 단추, 주석 단추, 금테를 두른 단추, 귀여운 단추. 그런데 평범한 점토 단추가 내게 무슨 짓을 한 걸까? 여태껏 나는 충분히 행복했는데.

"비나티드! 비나디트! 비나티드!"

어둠 속에서 나는 점토 단추를 향해 소리쳤다. 부싯돌로 촛불을 키고 저 단추를 비췄다.

별안간 점토 단추가 몸을 뒤집는다. 아냐, 불빛이 흔들리는 거야. 아니, 단추가 기지개를 켜고 회전하고 춤춘다. 당장 멈춰! 그만해!

단추는 더 빨리 빙글빙글 회전한다. 왜? 아, 단추가 아니야. 저것은 아주 큰 쥐? 아니야, 저것은 사람이야. 그리고 이상한 소리를 자꾸 외치고 있어.

"루우우시피노노오오트..."

뭐라고?

"루우시펜느느틴트..."

"응?"

"루시 페넌트!"

하녀, 도둑, 그리고 약사

제3장

하프 소버린 금화의 모험

힙 하우스에서 베이리프 하우스로 옮겨진 후
도난당한 클로드 이레몽거의 이야기

내가 죽은 걸까? 그런 것 같아. 적어도 사람이 아닌 것만은 분명해. 이 사물의 감옥에 갇힌 지 시간이 꽤 흐른 것 같다. 얼마나 지났을까? 갑자기 더 많이 생각할 수 있고, 내 주위에 있는 사물들의 소리를 들을 수 있다. 지금 나는 어두운 서랍 속에 떨어진 것 같다.

'엘시 프로테로우.'

'테디 뉴볼트.'

'조셉 터너.'

'아이다 골드바움. 모두들 안녕?'

어둠 속에서 소곤거리는 작은 목소리들이 들린다.

'누구세요?' 내가 물었다.

'아, 신참이 들어왔나 보군.'

'뭔가 새로운 이야기가 있겠네. 일단 우리 사연을 소개할까?'

'내가 먼저 할게. 한때는 나도 사람이었어. 아주 착실한 소년이고 주로 쓰레기 처리를 했지. 그런데 쓰레기산에서 추락해 크게 다친 후로는 아무도 일을 주지 않더군. 그즈음 어떤 이레몽거가 나를 뒷골목으로 데려간 다음 설득했어. "지금 너는 아무 쓸모 없지만, 이걸 먹으면 아주 중요한 사람이 될 거야." 그가 준 과자를 먹은 후 갑자기 의식을 잃었어. 그 후로 나는 더 이상 조셉 터너가 아니야. 반 페니짜리 동전이 되었지.'

또 다른 목소리가 이야기를 시작했다.

'내 얘기를 들려줄게. 내 동생 포키는 하수 펌프장에서 일했어. 그런데 결핵에 걸려 기침하고 피를 토했어. 그때 이레몽거들이 찾아와 포키를 휴양지에서 보내준다고 하더군. 그후로 나는 포키를 보지 못했어. 그리고 그들이 내게도 뭔가 먹으라고 줬는데, 갑자기 내가 대영제국의 1페니 동전이 된 거야. 내 옛날 이름은 필 피숍이야. 제발 기억해 줘.'

'지금은 2펜스, 하지만 과거 내 이름은 제니 노섬이야. 어느 날 아침, 엄마 아빠가 별안간 모자이크 타일로 바뀐 거야. 어떻게 그런 일이 가능할까? 어쨌든 나는 동네방네 돌아다니며 사람들을 불러 모으려고 했는데, 그때 이레몽거가 넌지시 다가왔어. "가엾은 아가씨구먼. 내가 도와줄 테니 그 타일을 넘겨줘. 그리고 이걸 먹으면 기분이 나아질 거야." 그렇게 해서 나는 2펜스 동전으로 바뀐 거야. 내가 동전으로 바뀔 때 타일을 떨어뜨리진 않았을까? 그랬다면 엄마 아빠가 산산조각 났을 거야.'

어둠 속의 이야기가 이어지는 가운데, 누가 내게 말을 걸었다.

'이봐, 새내기, 이제 네 얘기를 들어보자.'

'안녕하세요, 여러분! 뵙게 돼서 기쁩니다.' 내가 인사했다.

'하프 소버린치곤 예의가 바르네, 안 그래?'

'전에 알던 금화는 우리 같은 평민에게 말도 걸지 않았어.'

'실례합니다, 여러분. 제가 계산대 서랍 속에 있다니까, 혹시 우리가 동전이 된 건가요?'

동전들 사이에 쓸쓸한 웃음이 번졌다.

'무례하다면 용서하세요. 그러니까… 어떻게 하면 동전에서 벗어날 수 있죠?"

이제는 아무도 웃지 않았다.

'아무것도 모르는 풋내기로군. 너는 다 닳아 없어질 때까지 동전으로 살아야 해. 난 윌리 미드, 지금은 1페니 동전이지. 지난해 켄트 사람한테 넘겨져서 스코틀랜드로 갈 뻔했는데, 다행히 여기로 돌아왔어. 아무리 볼품 없어도 파울샴은 내 고향이야. 나 하나로 구운 빵 하나를 살 수 있으니까 나는 가난한 평민의 친구인 셈이지. 어렸을 때, 나도 배고픔을 못 이기고 런던 성벽을 넘어간 적이 있었지.'

'굉장한 모험담이구나.'

'하지만 올드 켄트 로드에 나가자마자, 나는 런던 경찰에게 들통났어. 한눈에 파울샴 출신을 알아보더군. 그렇게 죽도록 두들겨 맞고 내쫓기고 나서야 난 알았지. 런던 사람들은 우리와 함께 살기를 원하지 않아.'

'지금은 발각되면 현장에서 총살이야. 통행 허가를 받은 쓰레기 차량만 드나들 수 있으니까.'

'런던 경찰에게 쫓겨난 후 이레몽거가 나를 동전으로 만들었어. 그때 나는 고작 열 살이었어. 차라리 지금이 행복하다고 생각해. 그리고 런던 성벽을 넘어봤으니 보람찬 인생이었어.'

'오, 정말 슬픈 이야기예요. 그냥… 저는 이런 일이 처음이예요. 그럼 우리 모두 실종된 건가요?'

동전의 모험담을 듣고 나는 울먹대며 말했다.

'넌 조폐소에서 막 나온 녀석 같구나. 자, 그건 그렇고, 애들아. 내가 재단사를 봤어. 그의 호주머니에 들어 있었거든.'

'재단사? 그가 누구인데요?' 내가 물었다.

'맙소사! 네가 귀공자라도 돼? 우스티드나 트위드[3] 원단을 두르고 살았나 보네. 재단사는 수배전단지에 올라 있는 유명한 연쇄살인범이야. 그자가 필칭에서 가위를 들고 다니며 사람의 내장을 찌른다고 해.'

'자, 이제 새내기의 사연도 들어볼까? 이봐, 하프 소버린, 네 소개를 부탁해.'

'조금 전까지 제임스 헨리의 호주머니에 있었죠. 늘 함께 했는데 어쩌다가 헤어진 것 같아요.'

'그 아이가 너를 쓴 거야.'

'저를요? 무엇 때문에요?' 내가 놀라 되물었다.

'그야 빵이나 파이를 사려고 했겠지. 너와 교환하느라 계산대에 있던 돈이 절반이나 없어졌어. 어쨌든, 네 이름은 뭐니? 어서 털어놔 봐.'

● 3 우스티드와 트위드는 양모로 짠 고급 옷감이다.

'제가 소버린 금화가 되기 전에 말이죠?'

'하프 소버린! 네 가치를 두 배로 부풀리면 안 되지.'

'네, 제 이름은 클로드, 가족과 함께 큰 저택에서 살았어요. 그곳 창문에서도 필칭이 보였죠.'

'클로드? 참으로 별난 이름이구나. 진짜 이름은 뭐지?'

'클로디우스 이레몽거입니다.'

별안간 침묵이 흘렀다. 마치 평범한 동전처럼 아무도 입을 열지 않았다.

'왜 입을 다물고 계시죠? 저는 필칭에 사는 루시 페넌트를 찾고 있어요. 빨간 머리에 주근깨가 많은 소녀예요. 제발 말 좀 해주세요.'

하지만 그들은 침묵했다. 가끔 서랍이 열리고 새 동전들이 들어오면, 경고가 재빠르게 전달되었다.

'이레몽거! 우리 중에 이레몽거가 있어!'

얼마나 오래 계산대 안에 있었을까? 마침내 손가락 하나가 들어와 나를 꺼내더니 앞치마로 쓱쓱 문지른 다음 파이 가게 밖으로 데리고 나갔다.

도둑

내가 있는 곳은 포를리칭엄의 필칭, 지금은 파울샴이라 불리는 마을. 어쩌면 우울한 동전들과의 작별도 나쁘지 않다. 그런데 얼마나 오래 제임스 헨리와 헤어져 있어야 하지? 불쌍한 문고리(앨리스 힉스)를 잃었을 때, 로사무드 이모가 겪었던 고통이 떠올랐다

(나는 이제 거의 기억 대부분을 회복했다). 런던 곳곳에 소중한 사람을 잃고 가슴이 두 쪽 난 사람들, 자신의 사물을 찾는 사람들이 있다. 한편으로는 사물로 바뀐 채, 누구에게도 자기 존재를 알리지 못하는 사람들이 있다.

거리의 수많은 소음 가운데 파울샴의 사물들이 외치는 소리가 끊이지 않는다.

'나는 조지 브라운. 지금은 구두털개야.'

'내 말이 들려? 난 고리버들 바구니야.'

'지금은 손수레, 과거엔 에드바르트 페더슨.'

'나는 한때 애니 퓨였는데, 지금은 올브라이트 회사가 제조한 인공치아가 되었지.'

'여기를 봐! 허리띠! 허리띠!'

'내겐 너희 소리가 전부 들려. 정말 안타깝구나!' 내가 대답했다.

후미진 골목으로 접어들자 소음은 차츰 줄어들었다. 나는 파이 가게 아가씨의 주머니에서 나와서 낯선 사내에게 건네졌다. 그때 가게 아가씨의 내부 어디선가에서 웬 소리가 울리는 듯했다. 아우성치는 소리 중 내가 들은 단어는 '골무'다. 그리고 가죽 재킷을 입은 빡빡머리 사내도 '스팀 다리미'라는 소리가 나직히 울렸다.

"금화를 가져왔어요. 하지만 먼저 당신이 훔쳐 간 촛대를 돌려주세요. 그건 제 엄마가 바뀐 물건이 확실해요."

"글쎄, 네가 이런 비싼 금화를 어디서 얻었을까? 아마 계산대에서 몰래 훔친 거겠지. 아니, 아무래도 원래 내 금화인 것 같네."

"전 금화를 훔치지 않았어요. 제발, 촛대를 돌려줘요. 부탁이에요."

'골무.' 그녀 안에서 더 큰 소리가 났다.

"내가 이레몽거에게 너 같은 좀도둑을 고발하면 어떻게 될까?"

"촛대는 어디 있어요? 빨리 내놔요."

"촛대가 뭐라고 야단법석이지? 그건 일주일 전에 벌써 팔렸다고."

"누구한테 팔았죠? 언제요? 아, 엄마!"

"입 닥쳐라. 그냥 가지 않으면 한 대 맞을 줄 알아."

'골무.'

"제발, 도와줘요! 도와줘!"

"난 아직 너를 건드리지도 않았어."

'골무!'

순식간에 그녀가 있던 자리에 골무만 놓여 있었다. 가엾은 작은 골무는 열기가 식지 않아 모락모락 김이 나고 있었다. 그리고 골무의 속삭임이 들렸다.

'난 애니 넬슨입니다. 저를 도와주세요.'

"오, 세상에!"

도둑은 몸을 부르르 떤 후, 장화로 골무를 쾅쾅 밟아 진흙에 파묻은 다음 황급히 도망쳤다.

약사

다음 순간 나는 다시 환한 곳으로 끌려 나왔다. 그곳은 또 다른 가게였다. 이상한 향내가 내는 항아리들, 그리고 천장에 줄줄이 걸린 갈고리에 말린 약초들이 즐비했다. 사방에서 악을 쓰듯 사물들의 소리가 터져 나왔다.

'채스 버틀러.'

'조셉 싱어.'

'아누쉬카 뒤갈.'

'프란시스 설리반.'

'여기 선반 위를 봐. 나는 사혈기(瀉血器)야. 제발 도와줘.'

"파이프에 넣을 약 가루가 필요해요. 이렇게 심한 두통은 태어나서 처음이에요." 나를 훔쳐간 도둑이 약사에게 말했다.

"네, 손님. 6페니어치 드릴까요?" 먼지가 수북이 쌓인 카운터 뒤에서 한 남자가 대답했다.

"반 페니어치 주시오. 저울은 넉넉히 달아야 해요."

"제 저울은 언제나 정확하죠. 우선 돈부터 주시죠."

내가 계산대로 나왔다.

"이건 어디서 났죠?"

"무슨 상관이지? 이건 진짜 금화요."

'스팀 다리미, 스팀 다리미.'

"하지만 합법이 아니죠."

"불법이란 소리요? 내게 사기칠 생각인가?"

"정말이에요, 손님. 거리마다 공고문이 붙었어요. 하프 소버린은 이제 필칭에서 법정 화폐로 쓸 수 없다고요."

'스팀 다리미! 스팀 다리미!'

"아, 머리 아파. 빨리 두통약 좀 주시오."

"금화는 받을 수 없어요. 저희 약국을 찾아주셔서 감사합니다만, 지금 나가주세요."

'스팀 다리미! 스팀 다리미! 스팀 다리미!'

"아, 내 머리…."

도둑은 말을 채 끝맺지 못하고 순식간에 얼굴이 잿빛 납덩이처럼 바뀌며 오그라들었다. 그리고 요란한 소리를 내며 바닥에 떨어졌다.

'빌리 스팀슨.' 스팀 다리미가 희미하게 속삭였다.

"이런, 손님이 김이 모락모락한 다리미로 바뀌었군. 이레뭉거 세탁소에 최상품으로 팔아 넘길 수 있겠어. 게다가 하프 소버린까지 두고 가셨네."

약사는 혀를 끌끌차고 주머니 속에 나를 챙겨 넣었다. 그렇게 가게 문을 닫는 소리가 나더니, 나는 다시 사물들의 소리가 가득한 거리로 나왔다.

'지금은 양철 숟가락, 하지만 한때는 윌리엄 윌슨이었어.'

'조안나 톰슨이야. 그래, 옛날에는 그랬지.'

난롯가에 모인 쥐잡이 가족들

이번에 내가 끌려간 곳은 아주 특이한 곳이었다. 천장과 마룻바닥 할 것 없이 온통 쥐덫이 있었다. 세면기, 싱크대, 심지어 욕조 안에도.

"하프 소버린은 받지 않겠어요. 그건 위험하니까."

나를 넘겨받고 누군가 말했다.

"2파운드어치의 쥐와 교환합시다. 이건 정말 좋은 거래에요. 잠시 숨겨뒀다가 나중에 써도 되고…. 평생 금화를 볼 기회가 또 언제 있겠소?"

"오, 아빠, 완벽한 하프 소버린이에요. 제가 가져도 될까요?"

"사라 제인, 건드리면 안 돼. 이건 파울샴에서 쓸 수 없어."

작은 가게에 있는 사람들이 나를 돌려가며 구경했다. 하버트 아서라는 이름의 중년의 사내, 막내딸 사라 제인, 아내 아그네스 낸시, 그리고 노파. 다들 손가락이 잘리거나 심한 흉터 자국이 있었다.

"자, 이런 금화는 축복이나 마찬가지요. 우리는 이레몽거 가문의 임차인에 불과한데, 왜 그들의 명령을 따라야 하죠? 먹고 살려면 교활하게 굴고 행운이 오면 붙잡아야 해요."

"금화를 받아야 해요, 아빠." 사라 제인이 졸랐다.

"여보, 금화를 잘 숨겨두면 돼요. 그릭스 씨를 여러 해 동안 알고 지냈는데, 우리에게 피해를 주진 않겠죠."

아그네스 낸시가 설득했다.

"물론이죠. 제가 속일 리가 있겠어요?" 약사(내가 이해한 바로는 그가 그릭스인 것 같다)가 말했다. 그때 약사의 내면 깊은 곳에서 일렁이는 바람처럼 나직한 소리가 들렸다. '헤어 네트.[4]'

"하프 소버린에 관한 정보를 제공하면 현상금을 받는다던데." 허버트 아서가 말했다.

"제가 왜 그런 짓을 하죠? 정직한 사람을 모욕하는 거요? 그러

● 4 여자들이 머리스타일이 흐트러지지 않도록 쓰는 가는 그물 모양의 머리망

면 금화를 도로 가져가면 그만이지."

"잠깐만요, 그릭스 씨. 저희가 당신 금화를 받고 필요한 만큼 쥐를 드릴게요. 그런데 먼저 각서를 써주세요. 금화를 준 날짜와 시간을 적고 서명을 해 줘요." 아그네스 낸시가 말했다.

"이런, 나를 사기꾼 취급하며 서명까지 요구할 줄이야."

"그릭스 씨, 쥐가 아주 많이 필요하다고 했죠?"

'헤어 네트!' 그 순간 그릭스 씨가 지독한 트림을 했다.

"괜찮으세요? 물이라도 갖다 드릴까요?" 사라 제인이 말했다.

"뱃속에서 가스가 폭발하는 것 같아. 아, 배가 쿡쿡 쑤셔요."

'헤어 네트!'

그릭스 씨가 의자 위에 털썩 주저앉더니, 폭풍에 휘말린 검은 양처럼, 바다에 빠져 허우적대는 사람처럼 빙글빙글 회전하며 실을 뽑았다. 그러더니 별안간 움직임이 멈췄다. 마침내 의자 위에는 가늘고 검은 타래가 놓여 있었다. 그것은 분명 헤어 네트였다.

'나는 제베디아 그릭스. 제대로 살아보지도 못했는데…'

"유행병이 돌고 있어! 하버트 아서, 저 헤어 네트를 불에 던져 넣어요." 아내가 소리쳤다.

하버트 아서는 녹슨 불쏘시개로 헤어 네트를 집어 벽난로에 쑤셔 넣었다. 애석하게 파울샵의 약사, 그릭스 씨의 모든 것이 불꽃을 탁탁 튀기며 타올랐다. 그리고 최후에는 검은 구름이 흘러나왔는데, 가족들의 반응을 보면 고약한 냄새가 방 안에 퍼진 듯했다.

"이제 저 금화는 어쩌죠?" 젊은 윌리엄 헨리가 물었다.

"우선 저걸 숨겨야 해요." 막내 사라 제인이 말했다.

"아니, 불길한 금화는 가지고 있으면 안 돼."
아내가 목소리를 높였다.
"솥을 가져와라. 당장 저걸 녹여버려야 해."
하버트 아서가 말했다.

비나디트

제4장

쓰레기산의 남자

집 없이 방랑하는 루시 페넌트의 이야기

나는 싸우고 있었다. 함께 있던 클로드는 아무 소리도 들을 수 없었고, 수많은 사물들로 만들어진 거대한 회합, 그리고 움비트는 찻잔이 가루가 될 때까지 소동의 한복판에서 춤을 추었다. 내가 찻잔을 향해 소리치자, 노인이 나를 땅 위로 떠올라 공중에서 빙빙 돌게 했다. 그리고 아무것도 기억나지 않는다. 전혀 아무것도. 그리고 갑자기 의식이 돌아왔다.

캄캄하고 지독한 악취. 이곳이 어디인지, 또 어떻게 오게 되었는지 전혀 기억나지 않았다. 아니, 살아 있는 걸까? 할 수 있는 말은 고작해야 이름을 부르는 것뿐이었다.

"루시 페넌트, 루시 페넌트…."

그런데 어둠 속에 있는 괴생명체가 대답했다. 돼지일까?

"비나디트."

"루시 페넌트."

"비나디트."

"루시 페넌트!"

"비나디트!"

"루시 페넌트!"

우리는 서로 마주보고 고함쳤다. 그것이 으르렁거리면 나도 으르렁거리고, 그것이 조용히 소리내면 나도 나직하게 말했다. 우리의 첫 의사소통이었다. 그러다가 뒤로 엉거주춤 물러났는데, 그때 바닥에 떨어져 있던 램프가 만져졌다. 램프를 들어올리자 그제야 어둠 속 생물의 윤곽이 드러났다. 글쎄, 어떻게 표현해야 할까?

머리부터 발끝까지 쓰레기가 뒤덮고 있었다. 굵고 빽빽한 머리카락 사이로 형광 곤충들이 기어 다녔고, 피부에 단단히 달라붙은 폐기물들은 용접공이 와야 떼낼 수 있을 것 같았다. 만약 괴생물이 자꾸 소리 지르지 않았다면, 그냥 거대한 오물 더미로 보였을지도 모른다. 입을 벌리자 목구멍은 큰 동굴 같았고, 듬성듬성 난 치아는 검고 노랗고 심지어 이끼처럼 초록색이라 바위처럼 보였다. 게다가 입에서 내뿜는 악취란 믿기 힘들 정도였다.

"넌 뭐니?"

"비나디트."

"동물, 식물, 광물? 처음 보는 야수 같은데, 혹시 곰인가?"

"비나디트."

"어떤 종류의 생명이든, 어쨌든 너를 조심해서 다룰게. 착하지? 앉아."

"비나디트, 비나디트."

"그게 네 이름이니? 비나디트?"

그러자 그것이 잠시 멈추고 나를 이상한 듯 쳐다보았다. 좌우로 머리를 흔드는 것 같았다.

"비나디트!"

"비나디트? 오, 베네딕트를 말하려는구나. 너도 사람이야. 여기가 어디야, 베네딕트?"

"아래, 비나디트."

"아래? 그리고 또?"

"아래. 쓰레기… 산… 아래…."

오래 잊고 있었던 말하는 법을 생각해내려는 듯, 그는 턱을 실룩이며 천천히 단어를 내뱉었다.

"쓰레기산 아래? 지하에 우리가 묻혀 있구나! 그렇다면 어떻게 나가야 해?"

"내가 찾았어. 그러니까 넌 내 거야."

"무엇을 찾았다고?"

"단추, 내 단추."

"무슨 단추? 왜 갑자기 단추 얘기를 하니?"

"너!" 그가 소리쳤다. "단추는 너야. 저 위에서 내가 발견해 여기 내 집으로 데려왔어. 그런데 지금 넌 단추가 아니고 못된 여자아이로 바뀌었어. 다시 단추가 돼줄래? 제발, 내 깡통에 넣어두고 싶어."

"난 단추가 아니야. 나는 루시 페넌트라고 해."

"제발 단추가 되어 줘. 깡통에 넣기에 너무 크고, 게다가 여자아이를 모을 생각도 없어."

"싫어, 네 수집품이 될 생각은 추호도 없어. 여기서 나가고 싶어. 난 클로드를 찾아야 해."

"안 돼, 넌 내게 단추를 빚졌어."

"제발, 베네딕트. 여기서 나가면 단추를 찾아줄게. 필칭으로 가는 길을 알려주면 백 개라도 찾아주지."

"떠나지 마. 내가 너를 찾았으니 너는 내 거야."

"아냐, 난 네 것이 아니야."

"비나디트! 비나디트!"

그때 내 위장에서 압축기로 쥐어짜는 듯한 날카로운 통증이 느껴졌다. 또다시 겉과 속이 뒤집히는 걸까? 격렬한 경련은 잠시 후 사그라들었다.

"왜 그래? 뭐야?"

그때 다시 통증이 도졌다.

"내 안에서 뭔가 당기고 쥐어짜고 있어. 도와줘, 베네딕트! 살려줘!"

언리 이레몽거

언리 이레몽거

언리 이레몽거

언리 이레몽거

언리 이레몽거

언리 이레몽거

오타 이레몽거

오타 이레몽거

오타 이레몽거

오타 이레몽거

제5장
공고문

언리 이레몽거

나, 언리 이레몽거는 비밀 요원이다. 어릴 때부터 필칭-파울샴으로 보내져 스파이로 활동했기 때문에 나의 정체를 아는 사람은 거의 없다. 나는 얼굴이 없는 선천적인 기형으로 태어났다. 아기 때부터 머리카락 한 올도 자라지 않았고, 다섯 살 때는 콧물을 풀려다 코가 빠졌다. 열 살 때 왼쪽부터 차례로 귀가 멀었다. 그나마 시력이 정상이라 천만다행이다. 그래서 나의 얼굴은 텅 비어 있다. 화가의 붓을 기다리는 빈 캔버스처럼. 어떤 얼굴이든 그리는 대로 나는 누구로든 변장할 수 있다.

코! 귀! 가발! 내 마음대로!

지금 당신 옆에 앉아 있는 낯선 남자, 옛 직장 동료, 카페에서 기침하는 노인, 훌라후프를 가지고 노는 어린 소년… 그게 나야. 새로운 임무로 하프 소버린과 그것을 운반하는 자들을 색출하고 추적하는 일을 맡았다. 그런 어려운 임무를 해낼 자는 순수 혈통의 이레몽거밖에 없으니까.

베이리프 하우스에서 하프 소버린을 잃어버린 후, 이레몽거들은 이드위드 총재를 손수레에 태워 돌아다니며 파울샴의 거리와 집들을 수색 중이다. 이드위드가 귀를 쫑긋하며 사물의 소리를 듣는 동안, 모두 침묵해야 한다.

"조용! 조용! 총재님이 소리를 듣고 계시다! 분실된 물건은 반드시 찾아야 해!"

파울샴 주민은 교활한 데다 쥐처럼 숫자가 많으니까 벌써 하프 소버린을 꼭꼭 숨겼을 것이다. 그렇지만 나는 그들을 다루는 방법을 알고 그들의 땀 냄새와 악취에도 익숙하다. 그래서 나, 언리만이 그걸 해낼 수 있지.

♠

아니나 다를까, 내가 찾았어.

길바닥에 단서를 뿌리는 저 뚱뚱한 소년. 파울샴 사람이라면 갈비뼈가 앙상하지, 저렇게 살찐 사람은 없거든. 그러니까 저 소년이 제임스 헨리 헤이워드가 분명해.

나는 가장 친절한 코, 아주 기분 좋은 귀, 인자해 보이는 가발을 달고 그 소년에게 접근했어.

"얘야, 무슨 문제라도 있니? 친구가 필요해 보이는구나."

"저 좀 도와주세요."

"그럼, 그럼. 무슨 고민이든 털어놓으렴."

"제가… 금화를 잃어버렸어요."

그는 애처로울 정도로 말을 더듬었다.

"불쌍한 녀석, 어쩌다가 그런 일이…."

"파이 가게에서 어쩔 수 없이 금화를 썼는데, 돌려주지 않아요. 그건 제 것이에요."

"그렇다면 돌려 받아야지. 자, 나를 따라오렴."

그러자 슬픔에 빠진 소년은 자석처럼 나를 줄줄 따라왔어. 아무런 질문도, 항의도 하지 않았지. 나는 길모퉁이 경찰서로 그를 데려갔어.

"여기는 어디죠? 왠지 기분 나쁜 곳인데요?"

"아주 좋은 곳이야. 네가 무엇을 찾든 여기서 해결할 수 있어. 너, 배고프니?"

"아뇨, 아무것도 먹고 싶지 않아요."

"그렇다면 목마르지 않니?"

"내가 원하는 하프 소버린은 파이 가게에 있어요. 그걸 찾은 후에 제 엄마 아빠를 찾을 거예요. 혹시 그분들을 아시나요?"

"당연히 내가 잘 알지."

"하지만 아직 그분들의 이름도 말하지 않았는데요?"

"나는 모르는 게 없어. 넌 그저 나만 따라오면 돼."

"아, 이제 기억이 나요. 바로 당신이었어! 내가 수업을 빼먹고 놀고 있을 때, 당신이 내게 다가와 달콤한 과자를 줬어. 나를 데려갔던 사람이 당신 맞죠?"

"자, 계단 몇 개만 더 올라오렴. 나를 따라와."

"맞아요. 당신이었어. 왜 제게 그런 짓을 했죠? 도대체 왜?"

"그냥 내게 파이 가게로 가는 길만 가르쳐 주면 돼. 두려워할 것 없어."

"좋아요. 가는 길은 제가 알려드릴게요."

오, 이 녀석은 정말 순진한 풋내기로군.

♠

나는 모든 것을 지켜봐 왔다. 파울샴의 어두운 거리와 사탕 가게에서 전염병이 돌아 수백 명의 사람들이 눈 깜짝할 사이에 쓰러지더군. 심지어 뒷골목에서 도망치는 재단사도 봤다. 안타깝게도 그를 놓쳤지만, 다음에는 어림 없다.

목적지에 차츰 가까워진다. 나는 늘 어디로 갈지 알고 있다. 나는 바로 네 옆에 있어. 어디에나 있어. 그래도 너는 절대 나를 알지 못할 거야. 내가 바로 너니까.

나를 찾는 방법은 단 하나 있어. 아무리 위장해도 절대 바꿀 수 없는 것. 우산, 그게 내가 항상 가지고 다녀야 하는 수호물이야.

아까 그 소년? 그 착한 얼굴의 소년은 항상 사람을 너무 잘 믿는 게 문제야. 벌써 베이리프 하우스에 넘겼지. 아주 안전하게.

오타 이레몽거

나의 오빠, 언리 이레몽거가 애정 결핍인 이유는 그가 매우 특별하기 때문이다. 코와 귀가 없는 대머리 소년. 혈육인 나도 한참을 봐야 오빠를 알아볼 수 있다. 그래도 오빠를 아는 사람은 내가 세상에서 유일하다.

나의 아빠인 울룽 이레몽거는 경찰관으로 같은 동료인 엄마 모이볼 이레몽거와 사랑에 빠졌다. 두 분 다 사물 탐지 능력이 아주 탁월하고 어떤 용의자한테든 무슨 자백이든 끌어낼 수 있다. 심지어 엄마는 잠복 중인 경찰차 안에서 오빠 언리를 낳았다. 그 후 나, 언리요타(보통 오타라는 애칭으로 불린다)가 태어났다.

나는 태어날 때부터 형태가 없어서 마음먹는 대로 변신할 수 있다. 병, 컵, 냄비, 의자, 장대, 상자, 책, 돼지, 쥐, 고양이, 갈매기, 개, 펌프, 베개, 단지, 초인종, 모자, 펜, 붓, 가발…. 평소에는 부모님조차 내가 어디에 있는지, 무엇으로 바뀌어 있는지 짐작조차 못 한다. 부모님이 간청할 때만, 어린 소녀로 돌아오곤 한다. 엄마가 쓰레기산에서 일한 다음 제대로 씻지 못했기 때문이라고 말했는데, 진실은 아무도 모른다. 오, 부모님이 나와 오빠를 쓰레기산에 내다 버릴까 두려워했던 밤들. 그래도 엄마와 숨바꼭질하던 때가 그립다. 상상해 봐! 엄마가 주전자를 붙잡고 말을 건네는 장면을 말이야.

"오타! 너도 여섯 살이니 변신술은 그만둬라. 그러다가 영원히 주전자로 남으면 어쩌려고 그러니?"

하지만 이레몽거 가문에 우리가 필요해지면서부터, 우리는 파울샴에 가서 염탐술과 추적술을 배우며 수사에 동원되어야 했다. 게다가 우리 자신의 모습은 절대 드러낼 수 없다. 정체가 알려진 스파이는 쓸모가 없으니까.

우리, 언리와 나는 비밀 스파이다. 쉿쉿!

오빠는 스무 살, 나는 열여덟 살. 젊은 여자로 있을 때, 나는 키가 크고 비율 좋은 몸매에 멋진 각선미를 뽐낸다(아주 가끔, 오빠와 있을 때나 경찰서에 보고하러 올 때 나 자신의 모습으로 돌아올 때가 있다). 은퇴 후에는 힙 하우스로 돌아가거나 누군가와 함께 가게를 내고 싶다.

오늘 내가 호출된 이유는 하프 소버린 금화를 찾기 위해서다. 그것은 보통 금화가 아니라 클로드 이레몽거가 변신한 것이라고 했다. 그는 천부적인 재능을 갖추고 불복종의 불꽃을 피우는 자이며, 아직 완전하지는 않지만 사물의 지혜를 타고났다고 했다.

자, 그럼 서둘러 출발할까?

경찰서의 문이 열리고 쥐 한 마리가 뛰쳐나가 지하철 계단을 내려간다. 이 쥐는 어떤 쥐보다 빠르며, 목, 엉덩이, 또는 꼬리에 자신의 수호물인 황동 커튼링을 달고 있다.

저기 봐! 쥐가 당신들 발등 위를 지나가고 있어!

그게 바로 나야.

오타, 사냥하러 떠나자!

헤이워드의 가족들

파울샴의 쥐잡이

제6장
소년을 찾습니다.

클로드 이레몽거의 이야기

실종된 소년

쥐잡이 가족은 나를 둘러싼 채 벽난로에 불이 충분히 지펴지기를 기다렸다. 방은 끔찍할 정도로 덥고, 주위의 사물들은 침묵했다. 왠지 불길한 징조인 듯해서 마음이 불안했다.

"이제 충분히 달군 것 같구나. 더러운 동전에 손대지 말고, 장갑을 끼고 냄비에 던져넣어야 해." 하버트 아서가 말했다.

"하지만 이 금화는 너무 아까워요. 훨씬 전부터 이 금화를 알고 지냈고 꿈꿔온 것 같아요." 사라 제인이 말했다.

"맙소사, 저게 사라 제인을 홀리나 봐. 허약하거나 순진무구한 사람을 공격해서 전염병을 퍼트리는 거야. 버틀, 어서 태워라!" 할머니가 외쳤다.

난롯불이 타오르고, 그 위에 걸린 검은 냄비도 벌겋게 달아올랐다. 내가 소리치려 했지만, 아무도 듣지 못했다. 이들은 미신을 믿고 변두리에 사는 가난한 빈민이었다. 변변치 않은 살림살이로 꽉 찬 방에 다리가 흔들려 벽에 기대어 둔 남루한 침상, 벽에 걸린 액자는 힙 하우스에 전시된 명화들이 아니라, 사라 제인이 학교 실습 때 글자를 수놓은 십자수 장식뿐이다.

쓰레기산에 있는 아이를 데려가면, 성벽이 무너질 것이다.

벽의 실금을 감추려고 덕지덕지 붙인 포스터들. 특히 엄지 손가락을 쳐든 그림과 함께 공연 개막을 알리는 광고지는 얼마나 오래되었는지 누렇게 변색 되었다.

쓰레기 더미에 직접 먹이를 주세요!
유리, 금속, 도자기, 나무, 무엇이든 먹습니다.

그런데 대부분의 포스터에 똑같은 문장이 적혀 있었다.

분실물 공지: 실종된 소년
1860년 5월 14일 쓰레기산 성벽 인근에서 마지막으로 목격됨
키는 5피트 2인치, 갈색 머리와 갈색 눈,
이름은 제임스 헨리 헤이워드.
제임스 헨리, 이 글을 보면 제발 귀가 바란다.
실종된 소년을 목격한 사람은 아래 주소로 연락 바람.
포플리칭엄, 올드 샐비지 스트리트, 쥐의 집, 허버트 아서 헤이워드.

제임스 헨리! 오, 나의 마개, 제임스 헨리 헤이워드! 여기가 그

의 집이고, 이들이 그가 사랑하던 가족이다. 제임스 헨리는 가족과 헤어진 후 욕조 마개가 된 것이다. 그것도 16년 동안이나! 그들에게 들리도록 나는 큰 소리로 외치고자 했다.

'몇 시간 전까지 제임스 헨리는 파이 가게에 있었어요. 어서 저를 구해주세요. 저를 파괴하면 제임스 헨리가 다칠지도 몰라요.'

하지만 그들은 내 목소리를 듣지 못했다. 내 말귀를 이해하는 듯한 사람은 오로지 울음을 터트린 사라 제인뿐이었다.

"사라, 왜 우는 거니? 이건 그냥 동전이야."

"엄마, 오빠가 사물로, 이 금화로 바뀌었다면?"

"사라야, 제임스 헨리가 사물로 바뀐다해도 적어도 금화는 아닐 거야. 저 벽난로 선반 위에 있는 할아버지를 보렴. 고무장갑과 소버린 금화가 어울릴 성 싶니?"

"오, 나의 조지 헨리!" 갑자기 할머니가 행복했던 옛날을 떠올리며 통곡하기 시작했다.

'오, 내 사랑…' 고무장갑이 속삭였다.

"아빠, 하지만 금화를 보면 오빠가 생각나요. 왜 자꾸 찬장 속에서 숨바꼭질하던 추억이 떠오를까요? 금화를 파괴해선 안 돼요." 사라 제인이 눈물을 뚝뚝 흘리며 말했다.

"아니, 금화는 불에 녹이는 게 안전해. 물러나라, 내 딸아!"

허버트 아서가 부지깽이를 들고 앞으로 나섰다. 사라 제인이 울부짖으며 나를 가로챘다.

그 순간, 문 두드리는 소리가 들렸다.

쓰레기병 환우를 위한 모금

그들은 공포에 질려 서로만 멀뚱히 쳐다봤다. 또 한 번 노크 소리가 들렸다.

"여보세요, 누구세요?" 사라 제인이 물었다.

"안녕하시오, 나는 퍼시 하울레트라고 해요."

"오, 퍼시! 문 열어드려라. 쓰레기 수거일 하던 시절부터 알던 분이야." 할머니가 말했다.

"사라 제인, 당장 금화를 내게 넘기렴." 허버트 아서가 단호하게 속삭였다.

"아뇨, 그럴 수는 없어요." 사라 제인은 문을 열어주면서 말했다. "하울레트 씨, 어서 들어오세요."

"문 앞에서 망부석이 되는가 했네. 좋지 않은 때 내가 왔나봐요?"

발을 질질 끌고 숨을 헐떡이는 노인의 목소리가 들렸다.

"아니, 무슨 말을. 퍼시, 이리 오세요. 아직 감기가 낫지 않았나봐요?" 할머니가 손사래 치며 말했다.

"아니, 괜찮소. 그저 춤추던 옛 시절이 그리울 뿐이지. 그런데 이 집은 정말 덥군요. 아, 저 벌겋게 달군 냄비 좀 보게!" 노인이 놀라 소리쳤다.

"깜박했네! 윌리엄 헨리, 냄비를 꺼내라." 아그네스 낸시가 말했다.

"바깥은 엄청난 난리요. 소버린 금화를 찾겠다고? 바보들! 필칭에서 금화를 가진 사람이 몇이나 될까? 어쨌든 나는 동전을 모금

하려고 왔네. 쓰레기병, 그 지독한 열병이 유행하고 있어요. 내가 아는 한 청년은 가족의 생계를 책임지고 있는데, 지난 금요일에 쓰러진 후 보트 갈고리로 바뀌었어. 굶주리고 있는 가족들을 위해 자네도 기부할 생각이 없소?"

"알다시피 저희도 형편이 좋지 않아요." 아그네스 낸시가 조심스레 말했다.

"그래도 우리 가족이 인정머리 없다는 소문은 곤란해. 퍼시와 쓰레기병 환우를 위해 조금은 기부할 수 있지?" 할머니가 참견했다.

"사라 제인, 그럼 반 페니 드려라. 퍼시, 이게 마지막이에요. 어쨌든 우리는 이레몽거나 조폐소 사람이 아니니까 말이에요." 아그네스 낸시가 말했다.

사라 제인은 한 손에 나를 쥔 채로 다른 한 손으로 선반 위의 컵에서 동전을 꺼내 노인에게 건네주었다. 퍼시는 재빨리 쭈글쭈글한 손을 뻗어 사라 제인의 손과 나를 꼭 움켜쥐었다.

"고맙구나, 애야. 하느님의 축복이 있기를."

"퍼시 하울레트. 그 우산, 아주 비싸 보이는데, 당신 건가요?" 할머니가 감탄해하며 소리쳤다.

"그래요, 분수에 넘치는 선물을 받았지. 어쨌든 고맙네, 헤이워드. 이제 난 다른 집으로 가겠네." 노인은 당황해하며 말했다.

그때 나는 우산이 속삭이는 소리를 들었다.

'나는 맥밀런 바나비야. 우산이 아니라면 좋았을 텐데.'

"왜 그렇게 서둘러요, 퍼시? 우리와 간단히 식사라도 해요."

"아니, 고맙긴 한데 정말 가야 해요."

"음식을 거절하는 건 당신답지 않아요. 이렇게 뼈밖에 안 남았는데, 한술 뜨고 가세요."

"솔직히 내가 좀 급해서 그래. 게다가 난 먹기만 하면 체한다오. 음식을 제대로 삼킬 수도 없지." 노인은 숨을 거칠게 몰아 쉬며 허둥지둥 돌아다녔다.

"오, 불쌍한 퍼시. 그러면 소화제를 가루로 빻아 줄 테니 파이프로 피워봐요."

"친절하기도 하지. 그런데 조금 전에 그릭스 씨 약국에 들려서 벌써 몇 대 태웠지."

"그릭스에게? 퍼시, 언제 갔었죠?"

"몇 분 전. 그래, 여기 오기 바로 5분 전에 그릭스에게 약을 받았네."

"그럼 잘 가시오, 퍼시." 아버지가 말했다.

"모두들 안녕히 주무시게!"

문이 닫혔고, 잠시 침묵하던 가족들은 불안에 떨며 한 사람씩 말하기 시작했다.

"5분 전에 그릭스를 만났다니, 왜 저 노인이 거짓말을 했을까?"

"뭔가 수상해. 소녀 때부터 퍼시를 잘 안다고 생각했었는데."

"자, 빨리 그 금화를 끝장내야 해. 당장 없애야 해!"

"사라 제인! 사라 제인! 어디로 가니? 돌아와!"

하지만 이미 집밖으로 도망간 사라 제인은 나를 꼭 쥐고 어둠 속으로 도망쳤다.

다리 아래에서

사라 제인은 전력을 다해 달리고, 달리고, 또 달렸다.

"멈추시오! 거기 멈춰!"

뒤쪽 어딘가에서 누가 소리쳤고 호루라기가 울렸지만, 사라 제인은 뒤도 돌아보지 않고 더 빨리 달렸다. 그러다가 웅성대는 소리가 차츰 잦아들자, 마침내 그녀는 뜀박질을 멈추고 어떤 다리 아래에 몸을 숨겼다. 멀지 않은 곳에는 손잡이에 황동 고리가 달린 양동이가 뒤집힌 채 굴러다녔다.

"여기는 안전해. 틀림없이 넌 사람이었을 거야. 그렇지? 혹시 제임스 헨리 아냐? 마침내 오빠가 집에 돌아왔는데, 하마터면 아빠가 오빠를 다치게 할 뻔했어. 맞아! 아무도 찾을 수 없는 곳에 안전하게 보관해야 해. 그런데 그게 어디일까?" 별안간 그녀가 벌떡 일어서서 외쳤다. "누구세요?"

다리 밑 그늘 속에서 쥐 한 마리가 쏜살같이 튀어나왔다. 그런데 그 쥐는 무서워하며 피하는 게 아니라 우리를 골탕 먹이려는 듯 주위를 맴돌았다.

"아, 그냥 쥐였어. 쥐덫이 있다면 좋을 텐데… 자, 어서 도망가."

그런데 쥐는 제 자리에서 사라 제인을 빤히 올려다보았다.

"가라고! 가!"

쥐는 찍찍 위협하는 듯한 소리를 냈다.

"도대체 왜 도망가지 않지? 아, 허리에 반지가 걸렸구나. 내가 빼 줄게."

그때 나는 황동 커튼링이 간신히 쥐어짜내듯 속삭이는 소리를 들었다.

'아가사 필.'

그때 쥐가 반지를 풀어주려는 사라 제인의 손을 물더니 그 바람에 땅바닥에 떨어진 내 냄새를 맡으려고 미친 듯이 쿵쿵댔다. 그러더니 쥐의 몸집이 자꾸 커져 고양이만한 크기가 되었다. 공수병에 걸린 것처럼 광포하고, 털이 곤두서고, 딱딱하고 굽은 등에 벼룩과 파리가 들끓는 고양이. 그리고 그 고양이의 한쪽 다리에는 황동 고리 '아가사 필'이 달려 있었다.

"금화를 돌려줘! 그건 내 거야! 저리 가, 이 더러운 짐승아!"

고양이가 위협하는 소리를 냈다. 그 소리는 피가 얼어붙을 것 같이 끔찍했다. 사라 제인은 금화를 다시 뺏으려 덤비다가 진흙탕에 미끄러졌고, 그 괴상한 고양이가 그녀를 덮치려 했다.

오, 그녀를 구해야 해!

그때 고양이가 누군가의 발에 채여 오싹한 비명 소리와 함께 날아갔다. 누구지? 그자는 키가 크고 홀쭉한 몸매에 짙은 색 코트를 입은 남자였다.

"아마 내가 누군지 알고 있나 보군, 아가씨." 그 남자가 말했다.

"아니요. 전 절대…" 그녀는 하얗게 질린 얼굴로 더듬더듬 말했다.

"분명히 내 정체를 알고 있어."

"그래요! 오, 제발 날 살해하지 마세요! 살려줘요!"

"네가 살려줄 가치가 있다면!"

그 남자의 말에 불쌍한 사라 제인은 있는 힘껏 비명을 지르며 다리 건너편으로 달려갔다. 한편 고양이는 이번에는 부리 끝이

음산해 보이는 갈매기로 변신했다.

"이리 오너라, 이 깃털 덩어리. 너를 토막내 버릴까?"

"끼룩! 끼루룩!"

갈매기는 더 높이 위로 날아오르면서 경고라도 하듯 내내 괴성을 질렀다.

"자, 그럼 이게 뭔지 한 번 볼까?"

정체불명의 남자가 진흙탕에서 나를 건져내며 말했다. 그는 지그재그 모양으로 생긴 재단가위를 들고 있었다. 그래, 재단사. 동전들이 말하던 연쇄살인범 재단사.

그리고 격렬한 고통이 시작되었다.

제7장
쓰레기 더미가 두드린다

루시 페넌트의 이야기가 계속된다

매콤한 연기. 마치 불에 던져져 달궈지다가 눈 깜짝할 사이에 재로 바뀔 것 같다. 죽어가는 느낌이 이런 것일까? 결국 이렇게 끝나는 걸까? 어쩌면 베네딕트가 나를 잡아먹는 걸까? 그래, 그것도 인생을 끝내는 한 방법이지.

하지만 난 죽지 않았어. 아직, 적어도 지금까지는.

어둡고 차갑고 숨 막히는 쓰레기산 아래서 나는 점토 단추로 살아가는 꿈을 꾸었다. 아니야, 결코 다시 단추가 되진 않을 것이다. 이 열병에 맞서 반격하고 손톱을 곤두세워 잡아뜯을 거야. 성냥상자에 파묻히는 꿈, 성냥개비를 긋는 꿈, 베일을 쓴 중년의 여인이 나를 똑바로 바라보며 외친다.

"나야! 나야! 나!"

나도 똑같이 대답하려고 애썼다. 잠시 후 의식이 돌아왔고, 내가 열병을 이겨냈다는 걸 깨달았다. 여전히 쓰레기산 아래에 나는 베네딕트와 함께 있었다. 어둠 속에서도 그의 말소리와 냄새

(하느님 맙소사!)만으로도 그의 존재를 느낄 수 있었다.

"저리 가! 내게서 떨어져!" 나는 발을 차며 울었다.

"비나디트." 그는 멀찍이 떨어져 앉았다.

"날 잡아먹으려고 한 거야, 베네딕트?"

"배고파."

"난 네 먹이가 아니라고!"

"배고파?"

"혹시 내게 묻는 거야? 내가 배고플까 봐?"

"내가 너를 먹고 마시게 했어. 넌 아프니까. 내가 저 위로 올라갔다 왔어. 그래서 네가 먹었어."

"네가 나한테 음식을 줬어? 내가 얼마나 오래 아팠던 거야?"

"오래."

"몇 시간이나? 며칠이나?"

"이곳은 시계가 없어. 하루 두 번 저 위로 올라가는데, 첫 번째는 환하고 두 번째는 어두워. 네가 갑자기 굳어지고 작아져서 내가 소리쳤더니 다시 커졌어."

"고마워, 베네딕트. 나는 열병에 걸렸어. 어딘가에 성냥 상자가 된 여자가 있는데, 아마 그녀가 생명을 찾기 위해 나와 싸우려고 했어. 지금 그녀는 성냥 상자로 있으면서 조용히 힘을 비축하고 있어."

"그녀에게 지지 마! 나는 단추를 원해!"

"그래, 넌 단추를 가질 자격이 있지. 베네딕트, 여기 불빛은 없니?"

"아니, 더 이상 빛은 없어. 양초는 다 써버렸어."

"나는 빛이 필요해. 여기서 나가야 해!"

폐쇄공포증이 나를 압도했다. 저 위에서 숨 쉬는 쓰레기 더미의 압박감을 느꼈고, 금방이라도 익사할 것 같았다.

"어디 아프니? 성냥 여자가 너를 잡으러 오는 거야?"

"아니, 쓰레기산 때문이야. 이 더미의 무게에 짓눌릴 것 같아! 제발 나를 꺼내줘!"

"루시 페넌트, 잘 들어. 네가 쓰레기산을 두려워하면, 그것이 네 공포를 느끼고 찾아올 거야. 그러면 가만두지 않을 거야!"

바로 그때, 베네딕트의 동굴 벽에 파도치는 소리, 금고가 긁히는 소리가 들렸다. 사방에 부딪히고 돌아다니는 쓰레기 파도가 점점 더 커져서 금방이라도 금고 외벽을 뚫을 것 같았다.

"오, 하느님! 제발 말해줘. 무엇이 저것을 멈추게 하지?"

"너의 두려움 때문이야. 쓰레기산은 겁나고 불안하면 모든 것을 부수지. 자, 루시 페넌트, 너에 관한 이야기를 들려줘. 네가 침착함을 되찾으면 폭풍우도 지나갈 거야."

그는 우리를 향해 쇄도하는 쓰레기 더미의 천둥 소리를 뚫고 외쳤다. 그래서 나는 떨면서 어린 시절의 이야기를 들려주기 시작했다. 내가 살던 필칭의 빌라, 짐꾼과 잡역부로 일하던 부모님, 절대 문밖에 나가지 않는 위층 다락방의 남자(그의 모습은 본 적 없지만 항상 천장 위에서 그의 걸음 소리가 들렸다), 고아원의 빨간 머리 소녀 메리 스태그스, 힙 하우스에서 이레몽거의 시녀가 된 사연, 그리고 나의 클로드와 욕조 마개, 입맞춤, 그리고 무슨 일이 있어도 꼭 찾아가겠다는 약속.

이 모든 이야기를 마쳤을 때, 놀랍게도 쓰레기산에 불어닥친 태풍이 고요해졌다. 그리고 나 역시 쓰레기 더미가 두렵지 않았다.

"루시 페넌트, 쓰레기 더미에게 네 얘기를 들려주었어. 넌 정말 대단하구나!"

그리고 베네딕트는 기쁜 미소와 함께 위기의 종료와 동시에 새로운 시작을 알렸다.

"비나디트!"

♠

우리는 어둠 속에서 쓰레기 더미가 좀 더 조용해지기를 기다렸다.

"쓰레기 더미가 떠났을까? 이제 올라가도 될까?"

그러자 뭔가 동굴 벽을 툭 쳤다.

"그것이 듣고 있어." 그가 말했다.

"아무래도 상관없어. 어쨌든 남은 평생을 여기서 보낼 수 없지. 밖에 나가도 안전할까?"

"그건 네가 하기 나름이야. 네가 침착하게 행동한다면."

"그럼, 나가자. 클로드를 찾아야 해. 그는 몸이 약해서 내가 도와줘야 하고, 무엇보다 내가 보고 싶어. 베네딕트, 나를 도와주면, 나도 네가 좋아하는 단추를 줄게. 필칭으로 가자. 클로드를 찾고 성냥 상자의 여자를 막아야지."

"필칭?"

"그래, 이곳에서 먼가?

"날씨가 관건이야. 하지만 필칭 사람들은 우리를 창살에 가두고 조롱하고 전시할 거야. 예전에도 그랬어."

"필칭 사람들이 너에게 그런 짓을 했니?"

"나를 창살에 가두고 군중들의 구경거리로 만들었어! 그들이 말했어. 나는 그들과 다르다고 말이야. 나를 환대해 준 것은 인간이 아니라 사물이야. 쓰레기산에서 나는 자유롭게 달리고 먹을 수 있어!"

"필칭에 있는 내 친구들이 너의 친구가 될 거야. 나를 도와줄래, 베네딕트?"

"내 이름은 비나디트인데, 그들이 나를 '이것' 아니면 '저것'이라고 불렀어. 비나디트! 비나디트!"

"진정해. 어쨌든 나는 네 본명을 부를 거야. 베네딕트라고."

"나는 비나디트야! 내가 너를 잡아먹을 수도 있어."

"아니, 넌 못해. 그건 그렇고, 필칭에 가려면 돈이 필요해."

"돈!" 베네딕트가 침을 탁 뱉고 말했다. "우리, 돈 있어!"

베네딕트가 동굴의 더러운 선반들을 뒤질 때마다, 온통 쨍그랑, 바스락 소리가 들렸다. 동전과 지폐. 쓰레기산에서 이레몽거 청소부들이 채 수거하지 못한 것들이었다.

"와! 이건 잉글랜드 은행권이야. 베네딕트, 너는 내가 아는 사람 중에 최고 부자야!"

나는 화폐를 만지며 놀라서 소리쳤다.

제7장 쓰레기 더미가 두드린다

"내가?"

그는 내 말에 약간 툴툴대는데, 내 생각으로는 그건 행복한 불평이었다.

"자, 베네딕트. 이제 돈을 모았으니 저 위로 올라가자."

"올라가자고? 필칭은 아래로 가야 해. 파이프 안에 들어가거나 파이프를 따라가면 돼. 눅눅하지만 그게 가장 지름길이야."

"파이프라고?"

"파이프! 터널! 에프라!"

"에프라가 뭐야? 처음 들어봐"

"에프라는 사라진 강이야. 로마 시대에 땅 위에 있었지만, 지금은 땅 아래에서 흐르지. 그 위에 벽돌을 덮어 하수구로 쓰고 있거든. 어쨌든 에프라는 우리 눈에 보이지 않지만, 템즈강으로 흘러간대. 뭐, 난 아직 템즈강을 보진 못했지만 말이야."

"좋아, 베네딕트. 그 사라진 강, 에프라를 찾아가자."

● 5 에프라(Effra)는 한때 템즈강의 지류였는데, 빅토리아 시대에 매립이 이루어지면서 복합 하수로가 되었다.

제8장

다시 부활하다

클로드 이레몽거의 이야기가 계속된다

나 자신으로 돌아가다

바싹 마른 재단사가 가위를 들고 진흙에 묻힌 나를 건져 올렸다. 갈매기 한 마리가 끼룩거리며 우리 머리 위를 맴돌고 있었다.

그때 내게 고통이 찾아왔다. 내 안이 갈라지고 요동치고 파열하는 느낌.

"아직 아니야. 그냥 작은 채로 있어, 이 악마! 여기는 안전하지 않아!"

고함치는 재단사는 아랑곳없이, 나는 몸부림을 멈출 수 없었다. 재단사는 나지막한 욕설을 내뱉더니 나를 움켜쥐고 달렸다. 그렇게 그의 손아귀에 든 채, 나는 모퉁이를 돌아 계속 달리다가, 잠시 멈췄다가 다시 앞으로 내달렸다. 가끔 등 뒤에서 고함이 들렸지만, 재단사는 속도를 올리며 달렸다가 이윽고 어떤 집 문 뒤에 숨었다. 등불을 든 사람들이 허겁지겁 지나갔고, 두어 사람은 손수레를 밀면서 지나갔다. 그리고 그 손수레에서 익숙하고 날카로운

소리가 들렸다. '제랄딘 화이트헤드.'

아, 수호물의 총재인 이드위드 삼촌이 바로 코앞에 있었다.

"잠깐 멈춰보게. 쉿! 모두 조용히! 오, 부끄러워할 것 없어. 너의 삼촌이 부르는 거야. 너는 끔찍한 위험에 빠졌으니, 내가 도와줄게. 그냥 네 이름만 속삭여라. 그 작은 음절을 노래해라. 클로드, 어서 내게로 와라!"

손수레 위의 이드위드가 소리를 듣는 동안, 재단사는 바지 주머니 깊숙이 나를 밀어 넣었다. 그리고 정작 나는 고통에 시달리고 있어서 아무 생각도 들지 않았다.

"어디 있니? 내 사랑하는 조카, 클로드? 오, 제법 강하고 교활해. 하지만 내 귀를 속일 수 없어. 네 숨소리가 들린다고!"

나도 모르게 제랄딘 화이트헤드의 예리한 감각에 항복해 소리칠 뻔했다. 만약 무거운 구두챙 소리가 정적을 깨뜨리지 않았다면.

"실례합니다, 이드위드 총재님!"

"멍청한 만럼프! 이 소음의 살인자! 무슨 일이지?"

"하프 소버린이 발견되었습니다. '쥐잡이의 집'에서요!"

"파울샴 사람들은 툭하면 이웃을 모함하지. 누가 그 금화를 보았다던? 언제?"

"우산을 쓴 남자가 찾아와서 금화를 봤다고 맹세했어요."

"오, 그렇다면 얘기가 다르지. 내가 직접 만나서 듣겠네."

그렇게 그들이 급히 철수하자, 재단사는 사방에 깔린 파수꾼들을 피해 천천히 자리를 옮겼다. 그리고 구석진 헛간을 찾아 들어간 다음 손수건으로 나를 감싸서 땅바닥에 내려놓았다. 그때 처음으로 재단사의 모습이 똑똑히 보였다. 그는 가죽을 덧댄 허름한 외투 차림에 제대로 먹지 못했는지 해골 같은 몰골이었다. 억지로 잡아당겨 늘린 것처럼 키가 길고, 납덩이 같은 얼굴에는 눈썹이 한가운데 몰려 있었다.

"오늘 밤 네가 피운 말썽 때문에 교수형을 받기는 싫어. 어쨌든 충분히 뜨겁게 달궈졌으니 어서 나와라! 그러다가 거기 완전히 갇히겠다. 자, 지금이야!"

그는 빼빼 마른 손가락으로 나를 툭 쳤다.

그리고… 고통! 타는 듯한 통증! 나는 처음 숨 쉬는 마냥 호흡했다. 그리고 몸통에서 팔이 쑥쑥 나왔고, 다리가 찢겨 갈라지고, 머리가 부풀고 몸이 팽창했다. 아, 그리고 나 클로드가 살아났다. 금화가 아니라 사람으로! 이 지저분하고 인적 없는 헛간에서 부활한 나는 오로지 이 말만 할 수 있었다.

"클로드 이레몽거, 클로드 이레몽거, 클로드 이레몽거!"

"입 닥쳐. 클로드 이레몽거. 마을 사람들을 모두 부를 작정이 아니라면."

"클로드…" 내가 속삭였다.

"찍 소리도 내지 마라." 그가 으름장 부리며 치켜든 손에 아주 큰 가위가 들려 있었다.

"… 이레몽거." 나는 무심코 끝을 맺었다.

"네 말소리 때문에 사람들이 몰려오면, 여기서 당장 네 내장을 뽑아버릴 거야."

제8장 다시 부활하다   99

비나디트

제9장

에프라 강을 따라

루시 페넌트의 이야기는 계속된다

어둠 속에서 우리를 스쳐 지나간 것들은 무엇일까? 베네딕트가 내 허리에 밧줄을 묶고 저 아래로 내려줬을 때, 때로는 따가워 살갗이 베이고, 또 때로는 물컹물컹하고 축축한 것이 나를 감싸듯 흘렀다. 만약 한 치의 여유도 없이 꽉 찬 공간을 통과한다면, 낙하를 전혀 못 느낄 수도 있다. 작은 통로에 막혀 옴짝달싹 못 할 때, 그는 통로를 넓히려 애쓰는 대신 강제로 나를 아래로 밀어넣으며 통로를 뚫었다. 쓰레기산 아래에는 힙 하우스의 굴뚝 연통처럼 샛길과 벼랑, 땅굴이 곳곳에 있었다. 그리고 그런 길을 지나려면 고양이만큼 큰 쥐와 원치 않은 동행을 해야 했다.

 마침내 우리는 쓰레기산의 맨 밑바닥에 다다랐다. 액체가 흐르는 것처럼 습한 공기에 숨 쉬는 것조차 힘들었다. 드디어 거대한 벽돌로 만든 해치를 발견했다. 베네딕트는 해치 뚜껑을 열고 나부터 밀어넣었다. 아래로 계속 이어지는 돌계단은 너무 미끄러운 데다가 빛이 없어 나는 몇 번이고 넘어졌다. 머지않아 계단이 끝나는 지점에 도착했을 때, 세차게 흐르는 물소리가 들렸다.

"인제 어쩌지? 계단은 끝났어." 내가 물었다.

"그냥 뛰어들어." 베네딕트가 말했다.

"얼마나 깊지? 여기에서 떨어지면 죽을 것 같은데."

그는 대답 대신에 나를 물에 빠뜨린 다음, 자신도 따라 뛰어들었다. 얼음 같이 차가운 물. 심장이 멎을 것 같았다. 그렇게 우리는 지하의 수로, 에프라를 따라 떠내려갔다. 물이 폭포수처럼 쏟아지고 소용돌이치는 소리, 그리고 어둠의 수로에서 헤엄치는 생물들의 소리가 뒤섞였다. 마치 거대한 고래의 위장과 창자를 따라 헤엄치는 듯했다.

"썰물이야." 그가 말했다.

"그나마 운이 좋군." 나는 숨을 할딱대며 말했다.

강물의 흐름이 서서히 느려졌고 더러운 물이 허리춤에 찼을 때, 나는 간신히 몸을 일으켰다. 아주 먼 옛날, 고대 브리튼 사람들이 낚시하고 로마인들이 행군한 바로 그 강이다. 과거는 우리 발 밑에 깊이 묻혀 있고, 더 아래로 파고들면 고대의 땅이 나온다. 우리가 건넌 그 강이 알프레드 대왕[6]이 목욕한 곳일까?

"자, 이제 내려. 여기에 필칭으로 가는 계단이 있어."

미끄러운 계단을 조심하라고 경고하며, 축축한 어둠이 익숙한 베네딕트부터 먼저 올라갔다. 잠시 후 맨홀 뚜껑이 나타났다. 이제 빛이 보인다.

● 6 알프레드 대왕(871년~899년 재위)은 9세기 잉글랜드 남부 웨스트색슨 왕국의 왕이다. 바이킹의 침략에서 잉글랜드를 구하여 앵글로색슨 왕국의 전통과 문화를 유지하는 데 기여했다.

필칭이다!

♠

초저녁이었다. 필칭의 하늘빛은 어슴푸레했지만, 그래도 내게는 깜깜한 어둠 뒤에 찾아온 빛이었다. 인생에서 첫 세례를 받는 듯, 그 어떤 빛보다 아름다웠다.

"필칭의 썩은 냄새야." 베네딕트가 투덜거렸다.

"네가 길을 가르쳐 줬으니까, 이제 내 차례야. 내가 너의 촛불이 될 거야."

그때 필칭의 빛에서 그의 몰골이 제대로 드러났다. 오, 난 생각보다 훨씬 용감하구나. 쓰레기 더미가 얼굴에 잔뜩 달라붙어 검고 누렇게 뜬 눈은 잘 보이지 않았고, 입은 크게 찢어진 듯하고, 머리는 잡초 같은 털로 수북했다. 게다가 그가 걸친 누더기는 마치 쥐 가죽을 이어붙인 것 같았다. 가만히 있으면, 그저 쓰레기 더미로 착각할 정도였다. 하지만 그는 사람이고, 무엇보다 나의 친구다.

"이곳은 마음에 안 들어." 그는 몸을 떨며 말했다.

"괜찮아, 베네딕트. 내가 새로운 집과 친구들을 보여줄게. 여기 필칭에서 말이야."

우리는 빠져나온 지점은 쓰레기 성벽 인근이었다. 철제 빔과 벽돌들이 곳곳에 균열이 생긴 성벽을 지탱하고 있었다. 성벽이 얼마나 버틸 수 있을까? 저 멀리 런던의 오물과 쓰레기를 실은 수레들이 줄지어 있었다. 수레 주위에 갈매기와 쥐들이 우글대고, 필칭 사람들은 갈퀴와 장대, 삽과 광주리를 들고 쓰레기를 처리하는 데 열중하고 있었다. 수레를 끌던 말들이 지쳐 쓰러지면, 그 자리에서 가죽을 벗기고 도살되어 성벽 너머 쓰레기산에 버려졌다. 마치 성경책의 한 장처럼 웅장하고 처참한 장면은 어린 시절부터 익숙했던 풍경이었다.

"저기가 우리 집이야. 얼어죽기 전에 안으로 들어가자." 나는 추위로 이를 딱딱 부딪치면서 말했다.

"네 머리카락, 빨강이야?"

"맞아. 내 마음엔 안 들지만, 별수없지."

"난 좋아. 내 마음에 들어."

"드디어 내 옛날 집으로 돌아가는 거야. 부모님이 돌아가시기 전에 함께 살았던 곳이니까."

"그럼, 그때 보여줘! 단추를! 그리고 루시 페넌트, 너는 단추가 되지는 마. 언제나 지금처럼 있어야 해."

베네딕트는 내가 깜짝 놀랄 정도로 아주 뚜렷하게 말했다. 그리고 수염에 가려 확실하진 않지만 아마 그가 활짝 웃어보였던 것 같다.

"물론 나도 최선을 다할 거야. 자, 어서 가자!"

파울샴의 재단사, 알렉산더 에르크만

제10장
파울샴의 재단사

클로드 이레몽거의 이야기는 계속된다

나의 동행인

나는 그저 '클로드 이레몽거'를 되풀이했다. 내 말에 대한 반응으로, 험악한 남자는 가위 날을 탁탁 부딪쳤다. 그와 함께 이 비루한 헛간에 있으니, 차라리 헤이워드 가족에게 돌아가거나 파이 가게의 동전들과 있는 것이 더 나으리라.

"클로드 이레몽거?" 내가 속삭였다.

"그래, 넌 클로드 이레몽거야. 내가 누구인지 알겠니?"

재단사는 말 한마디를 뱉을 때마다 가위를 박자에 맞춰 딱딱거리며 다가왔다. 나한테 얼굴을 들이밀자, 그의 주름진 피부 아래 골격도 함께 늘어났다.

"아뇨, 예전에 만났다면, 기억 못 할 리가 없겠죠? 실례가 아니라면, 어쨌든 당신은 좀 특이한 외모라서요."

"나를 기억 못 한다고?"

"네. 하지만 저도 궁금해요, (감히 추측한건대) 혹시 외모가 많이 변화해서, 이를테면 당신의 너비가 줄고 키가 더 늘었다면… 그래서 제가 몰라보는 걸까요?"

이런, 평소 습관처럼 나는 두렵고 불안하면 말이 많아진다. 아, 터미스… 이런 점까지 나와 똑같았던 사촌 터미스가 생각났다.

"하긴, 내가 변하긴 변했지. 지난번에 우리가 만났을 때, 내 키는 고작 9인치에 불과했으니까!"

재단사는 두꺼운 천으로 꽁꽁 싸맨 물건을 주머니에서 꺼냈다. 그것은 낡고 찌그러진 힙 플라스크⁷이었다.

"이것은 알아볼까?"

그런 물건은 본 적이 없다고 말하려는 찰나, 나는 그것이 소심하게 내는 소리를 들었다.

'리핏 이레몽거, 리핏 이레몽거!'

그리고 빼빼 마른 몸집에 살갗이 축 늘어진 재단사의 몸에서도 소리가 들렸다.

'편지 칼, 편지 칼."

"선생님, 몇 년 전에 실종된 제 사촌 리핏을 아세요?"

"거의 맞췄어, 클로드 이레몽거. 어떻게 그렇게 빨리 알아냈는지 모르지만."

"실례지만, 선생님의 이름이 혹시 알렉산더 에르크만 씨?"

"그래, 이 악마 같으니!"

● 7 힙 플라스크(Hip Flask)는 1800년대 영국에서 만들어진 포켓 위스키병으로, 주로 주석이나 은제품으로 제작되었다.

나의 사촌 리핏, 지금은 힙 플라스크

사촌 리핏은 절대 잊을 수 없다. 할아버지가 가장 총애하는 소년, 상상만으로 다른 소년들의 머리에 불을 지르는 장난꾸러기 리핏, 손가락을 가리키는 것만으로도 철봉을 휘어지게 만든 리핏. 밤마다 고통스러운 비명을 지르며 가족을 깨우는 리핏. 그는 항상 아프고 동시에 위험했다. 사람들이 도우려고 손을 내밀면 물집이 생기거나 감각이 없어졌다. 왜냐하면 리핏은 상대를 가리지 않고 툭하면 마법을 걸었기 때문이다. 그래서 다들 리핏을 멀리했고, 그는 끔찍한 외로움을 느끼면서 매우 잔인하게 굴었다.

그런데 어느 날 갑자기 그가 사라졌다. 지난번에 할아버지가 들려준 이야기에 따르면, 이 재능 있고 괴팍한 리핏 이레몽거는 자신의 수호물로부터 공격받아 실종되었다고 한다. 리핏의 수호물은 조금 전 '알렉산더 에르크만'이라고 정체를 밝힌 편지 칼, 즉 지금 어두운 헛간에서 나와 함께 있는 인물이다.

"리핏은 작은 사물로 바뀌는 걸 못마땅하게 여기더군. 그가 심하게 난동을 피우는 바람에 내 골격이 완전히 뒤틀렸어. 리핏 역시 녹슬고 우그러진 힙 플라스크가 되었지. 그렇게 사물의 질서는 뒤틀렸고, 아마 다시는 되돌리지 못할 걸?"

"불쌍한 리핏!"

재단사는 힙 플라스크를 천에 싸서 주머니에 넣으며 이야기를 계속했다.

"어릴 때부터 네 사촌은 사물을 조종하는 특별한 방법을 알고 있었지. 그런데 리핏은 저택을 활보하며 사물을 본래의 사람으로 소환해 기쁨을 맛보게 한 후, 다시 사물로 돌려놓는 장난을 쳤던 거야. 그래서 힙 하우스에 고통이 가득했어. 그래, 사물도 고통을 느낄 줄 아니까. 어느 날 리핏이 자신의 수호물인 나를 사람으로 소환했어. 그런 뒤 편지 칼로 돌려놓으려고 할 때, 내가 달려들어 저 삐딱한 힙 플라스크에 리핏을 가둔 거야."

'리핏 이레몽거.'

특권을 남용했던 힙 플라스크가 재단사의 품에서 외쳤다.

"선생님, 저는 어쩌실 건가요? 저를 재단이라도 하려고요?"

"난 너를 계속 추적해왔어. 이레몽거들은 경찰을 두 배로 증원하고 성문 밖으로 너를 찾아 나서더군. 평소 파울샴과 거리를 두려는 그들에겐 정말 드문 일이야. 그래서 난 생각했어. 그들이 저토록 너를 원한다면, 내가 먼저 잡아야겠다고 말이야. 클로드, 왜 그들이 너를 쫓고 있지?"

"저도 뭐라고 대답하기 어렵군요, 선생님."

"내가 리핏을 훔쳐 파울샴에 온 후부터, 내 인생의 목표이자 존재이유는 단 하나야. 이 더러운 거리를 돌아다니며 이레몽거를 사냥하고, 그들이 파울샴 사람들에게 했던 것처럼 똑같이 복수하는 것이지. 자, 나는 복수로 불타고 있어, 클로드 이레몽거!"

"하지만 전 아무도 해치지 않았어요."

"글쎄, 이레몽거, 너의 이름이 수많은 살인을 저질렀어!"

"제 이름은 저도 어쩔 수 없어요!"

"그건 나도 어쩔 수 없어. 기도를 올려라."

그는 가위를 높이 쳐들었다.

나는 눈을 감고 날카로운 가위 날이 떨어지기를 기다렸다. 그때 어둠 속에서 사물들의 외침이 들렸다.

'엘사 하워드, 지금은 못이야.'

'호레이스 벤틀리, 나무 널빤지야.'

'윌프레드 필처는 짚풀 아래에 있어. 오래전에 분실된 장갑이야.'

'샌포드씨, 베개 커버. 그리고 지금은 낡아서 걸레로 쓰이지."

"여러분, 모두 안녕하세요?" 내가 속삭였다.

"누구랑 얘기하는 거야? 조용히 해." 재단사가 소리쳤다.

'쟤가 우리 목소리를 듣고 있어! 우리 말을 알아듣는다고!"

사물들이 아우성쳤다.

"소중한 분들, 모두 안녕히 계세요." 나는 속삭였다.

'저 아이가 죽기 전에 작별 인사를 하는군. 그냥 내버려 둘까 말까?' 베개 커버가 말했다.

"저는 여러분 목소리를 전부 들을 수 있어요. 다들 보고 싶은데 밝은 곳으로 약간만 나와 줄래요?"

할아버지는 극한의 고통을 겪으며 사물들을 조종했다. 최후를 앞두고 있는 나 역시 할아버지처럼 해낼 수 있지 않을까? 그래, 왜 못 하겠어? 결국 나는 이레몽거야.

"윌프레드, 저를 위해 저 남자의 입으로 뛰어들어 줄래요?" 내가 속삭였다.

'네, 정말 바라신다면 그렇게 할게요.'

"엘사? 아직 거기 있나요?"

'오, 그가 내 이름을 불러! 그가 나를 부른다고!'

"엘사, 지금 도와줄래요? 가위를 쥔 저 손을 칠 수 있을까요?"

"그만 떠들어! 가만히 안 있을래?" 재단사가 말했다.

'어머나, 그럴게요!' 엘사가 소리쳤다.

"그리고 호레이스, 저 남자의 등을 공격해줄래요?"

'네, 혼신의 힘을 다해서!'

"샌포드 씨, 당신이 필요합니다. 아주 특별하게!"

'좋아요! 뭘 해 드릴까요? 무슨 명령이든 하세요!'

"샌포드 씨, 그의 머리를 덮어 주실래요?"

'좋아! 이 몸이 나가신다!'

"자, 클로드, 이제 포기하고 기도해라." 재단사가 소리쳤다.

그때 건초 속에서 삶과 목적을 가진 사물들이 한꺼번에 달려들었다. 공포에 질린 재단사가 가위를 허공에 휘두르지만 아무 소용이 없었다. 못이 가위를 잡고 있는 재단사의 손을 찌르고, 널빤지가 저절로 회전해서 그의 등을 내리쳤다. 그의 입이 놀라서 벌어지는 순간, 장갑이 재갈을 물리고, 베개 커버가 그의 얼굴을 덮어씌웠다. 그렇게 해서 재단사는 건초 위에 쓰러졌다! 내가 어떻게 해냈지?

"난 클로드 이레몽거, 모든 사물의 친구야!"

특별한 수호물의 총재, 이드위드 이레몽거

제11장
파울샴 거리에서

루시 페넌트의 이야기가 계속된다

우리는 언덕을 내려가 시내로 진입했다. 어쩐지 예전과 느낌이 사뭇 달랐다. 더 어둡고 음침한 느낌. 그리고 검은 연기가 영원히 계속되는 날씨처럼 마을 주위에 자욱이 깔려 있었다. 그저 상상일까? 벽도 뚝뚝 흘러내리는 것 같았다. 그래, 비는 아니지만 비처럼 끝없이 내리는 눅눅한 습기. 필칭의 거리마다 진흙과 쓰레기가 넘쳤다. 겁먹은 베네딕트가 멀리서 오가는 사람들이 보일 때마다 내빼려고 해서 나는 수시로 그의 기운을 북돋아줘야 했다.

가죽에서 풍기는 매캐한 악취로 인해 옷들을 집 밖 공터의 빨랫줄에 널어두고 있었다. 바람이 불 때마다 낡은 가죽옷의 바짓가랑이와 소매 자락이 펄럭이며 마치 살아 있는 사람처럼 보였다. 그중 적당한 옷 몇 가지를 골랐다. 베네딕트에게 옷을 입히는 것은 쉽지 않았다. 너무 꽉 낀다고 아우성치는 그를 달래며 옷을 군데군데 찢어가며 간신히 입혔다.

저쪽에서 다가오는 황동 헬멧을 쓴 이레몽거 경찰들을 피해, 우리는 뒷골목으로 돌아가기로 했다.

"누가 아는 체하면, 방금 쓰레기 처리일을 끝내고 와서 네 옷이 찢어졌다고 말해. 자, 이제 멀지 않았어. 내가 살던 하숙집은 도시 외곽, 베이리프 하우스의 바로 옆이야."

멀찍이 경찰의 호루라기 소리가 울렸지만, 우리는 충분히 먼 거리에 떨어져 있었다.

"집에 가." 베네딕트가 말했다.

"그럴 거야. 그냥 안전을 위해 길을 조금 돌아가는 거야."

"아니, 아니, 집에 가!" 그가 다시 말했다.

나는 그를 돌아봤다. 그는 나에게 말하는 게 아니라, 자기를 따라온 쓰레기 더미를 향해 말하고 있었다. 그가 발로 차며 소리치니까 잠시 쓰레기들이 흩어졌지만, 잠시 후 다시 모여들어 그의 뒤를 몰래 따라오고 있었다.

"저게 뭐야, 베네딕트?"

"쓰레기산이 보낸 것들이야. 저것이 나를 그리워해. 나를 부르고 있어."

"더 빨리 가자, 베네딕트. 달리자."

우리는 속도를 올렸지만, 쓰레기가 꼬리를 물고 따라올 때마다 오히려 규모는 점점 더 커졌다. 우리가 도착한 옥수수 창고는 과거에는 곡물을 산더미처럼 쌓고 저울을 달았던 곡물거래소였다. 지금은 아무도 사용하지 않는 곳인데, 정문 앞에 버려진 것처럼 손수레가 방치되어 있었다. 그런데 손수레에 누가 타고 있었다.

처음에는 옷 뭉치인 줄 알았는데, 알고 보니 한 대머리 사내가 갈매기와 대화하는 듯 몸을 구부정하게 숙이고 있었다. 손수레 주위에는 살찐 갈매기 한 마리가 껑충껑충 뛰어다녔다. 이윽고 손수레에 탄 남자가 손을 휘젓자, 갈매기는 공중에 올라 마을 쪽으로 날아갔다.

이윽고 그 남자가 몸을 일으켜 사방을 둘러봤다. 치아를 드러내며 히죽 웃는 둥근 얼굴을 보자 한눈에 그의 정체를 파악했다. 문고리를 숨겼다고 나를 체포하려 했던 힙 하우스의 이레몽거다. 아, 하지만 지금은 고작해야 가죽옷을 훔쳤을 뿐이니, 두려워할 것은 없다.

"거기 누구니? 누가 새로 왔나?"

나는 움찔 물러서려고 했다. 그런데 우리 뒤로 쓰레기 더미들이 몰려와 계속 쌓이고 있었다.

"둔널트? 거기 있나, 둔널트?"

그는 소리를 더 잘 듣기 위해 머리를 갸우뚱하며 소리쳤다. 이레몽거 한 명이 달려왔다.

"뭔가 잘못됐어. 뭔가 자연스럽지 않고, 끔찍한 고통과 분노로 뒤틀린 것이 있어. 음, 이 마을은 완전히 지옥이군! 둔널트. 나를 부축해 주게."

이레몽거가 끄는 손수레가 삐걱삐걱 움직이며 어둠 속으로 사라졌고, 우리는 계속 앞으로 달렸다. 그때 작은 파란 유리병 하나가 우리 뒤를 따라오던 쓰레기 더미에서 날아와서 내 머리를 맞출 뻔했다.

"이런!" 나는 그 병을 집으며 소리쳤다.

그것은 '절대 섭취하지 마세요'라고 표시된 오래된 약병이었다. 내가 바닥에 던지자, 약병은 재빠르게 쓰레기 더미로 굴러갔다.

"저게 너를 싫어해. 질투가 아주 많거든."

"도대체 무엇 때문에?"

"너를 원망하는 거야. 네가 나를 훔쳐 갔으니까."

"난 너를 훔치지 않았어."

"저것은 그렇게 생각해. 어쩌면 맞는 얘기인지도 모르지."

모퉁이를 돌자, 사람들이 드나드는 가게가 나타났다. 얼마나 기뻤는지! 나는 베네딕트의 한쪽 팔을 잡아끌며 가게 안으로 들어가서 문을 쾅 닫았다. 쓰레기가 문을 두드리는 소리가 났지만, 당분간은 안전할 듯 싶었다. 그곳은 바로 아빠가 자주 다니던 '더미 쉼터'라는 선술집이었다.

가짜 이레몽거

제12장
맹세와 무장 해제

클로드 이레몽거의 이야기는 계속된다.

재단사와 거래하다

저 멀리 가위는 튕겨나가고 파울샴의 재단사는 바닥에 맥없이 쓰러졌다.

"윌프레드 필처. 그만 저 녀석이 숨쉬게 풀어 주세요. 고마워요." 나는 재단사의 입을 틀어막은 장갑에게 인사했다.

꼬깃꼬깃한 장갑이 빠져나와 건초 더미로 달려가 숨었다.

"이 악마 녀석!"

베개 커버인 샌포드 씨 아래서 재단사가 소리쳤다.

"샌포드 씨, 호레이스, 엘사, 윌프레드. 모두 정말 고마워요."

"그들에게 저리 가라고 해! 제발 치워!" 재단사가 아우성쳤다.

"이런 건 처음이에요. 사물들의 소리를 듣긴 했지만, 실제로 움직여 본 적은 없거든요. 에르크만 씨, 솔직히 저도 저 자신에게 무척 놀랐습니다!"

"저것들을 떼어내! 데려가라고!"

"에르크만 씨, 당신이 점잖게 행동하겠다고 맹세한다면요."

"맹세한다." 그의 갈라진 목소리가 들려왔다.

"아, 이 사람의 숨을 완전히 멈출 수도 있는데." 샌포드 씨가 말했다.

"그러시지 않는 게 좋겠어요. 샌포드 씨. 즉시 떠나주세요."

마치 날카로운 바람이 불어온 것처럼, 베개 커버가 갑자기 위쪽으로 날아올랐다가 바닥으로 서서히 내려앉았다. 재단사는 기침하고 헐떡대며 벌벌 떨며 주위를 둘러보았다. 이윽고 그가 말했다.

"어쨌든 너는 이레몽거야. 나는 네 가족 사업의 자초지종을 알고 있어. 베이리프 하우스에서 유리창을 움직이는 사람, 금속과 도자기를 자유자재로 다룰 줄 아는 사람, 열 개나 넘는 발판이 따라다니는 사람도 봤어. 어쨌든 너희들은 비정상이고 이 세상에서 없어져야 해."

"우리는 각자 다른 사람이에요. 제 사촌 터미스는 정말 괜찮은 사람이었는데 안타깝게 익사했죠. 오밀리도 얼마나 착한지…"

"네 소중한 귀를 쫑긋하고, 내 말부터 들으렴. 실제로 내가 살해한 자들은 진짜 사람이 아니야. 너의 가문이 베이리프 하우스에서 쓰레기 더미를 조합해서 제조한 가죽 인형들이지. 이레몽거들은 그런 방식으로 파울샴의 인구를 천천히 늘려왔어. 그것들은 우리와 매우 닮은 형체라서 구분하기 힘들지. 하지만 사람이 아니야. 그것들의 속에는 톱밥, 돌, 유리 조각들로 채워져 있어서, 충전재가 쏟아지면 그들은 공기가 빠진 가죽옷에 불과해. 그런데 이제 그것들은 훨씬 진보했어. 왜냐하면 네 할아버지가 기묘한 방법을 찾아냈거든. 잘 들어, 클로드 이레몽거. 귀를 기울여라!"

"저는 당신의 불행한 역사를 경청하고 있습니다."

"파이프! 베이리프 하우스 곳곳에 파이프들이 있어. 이레몽거들에게 끌려온 아이들은 고통을 받으면서 파이프 끝에 숨을 내쉬어야 해. 파이프의 다른 쪽에는 생명이 없는 가죽 인형이 있지. 고통받은 아이들이 파이프를 통해 내쉰 숨결이 펌프처럼 가죽 인형을 부풀게 하지. 그렇게 생명을 갖게 되는 거야. 그렇게 해서 가죽 인형은 스스로 숨을 쉬고, 마침내 아이의 숨을, 아이의 어린 시절을 빼게 되지. 한 아이의 숨으로 여러 개의 인형을 만드는 거야."

"아이들을 살해한다고!"

"아니, 차라리 살해가 더 친절한 행동이지. 이레몽거는 그들에게서 청춘을 뺏고 빨아들여. 그렇게 남겨진 아이들은 죽은 것이나 다를 바 없어. 그들의 눈은 회색빛이고, 영혼은 부서졌고, 두뇌는 느려지지. 그리고 그들은 불평하지 않고 이유도 모른 채 쓰러질 때까지 일만 하지. 그러다가 전염병에 걸리는 거야. 몇 달 안에 물건으로 변해 버리지. 더 끔찍한 것은 그 가죽 인형들, 그들의 숨결이 전염병을 퍼뜨려."

"정말 나의 가족이 그런 짓을 했나요?"

나는 아주 조용하게 속삭였다.

헛간의 어둠 속에서 장갑, 널빤지, 못, 베개 커버가 깊숙한 곳으로 살금살금 숨었다.

"그런 일들이 베이리프 하우스에서 일어나지. 그 가죽 인형들, 레더맨들은 점점 강해지고 있어. 그들이 호흡할 때마다, 작은 불을 내뿜듯 옅고 검은 연기가 흘러나와. 난 레더맨들을 잘 알고 금세 찾아낼 수 있어. 나는 원래 독일 겔른하우젠에서 태어났어. 이웃과 언쟁 끝에 살인하게 돼서 이곳 런던 필칭까지 도주했지. 여기서 이레몽거 경찰에게 발각된 후로 편지 칼로 바뀌었어. 하지만 클로드 이레몽거, 맹세할게. 난 죗값을 치를 거야. 이 힙 플라스크와의 전투에서 패배하지만 않는다면."

"에르크만 씨, 전 가족들을 떠나서 내 친구 루시를 찾고 싶어요. 그러면 여기를 탈출하고 멀리 떠나서…"

"그럼 네 가족이 사람들을 해치게 내버려 둘 거야? 그들이 죄 없는 아이들의 인생을 짓밟고, 레더맨들로 군대를 만들고 불결한 병을 퍼트려도? 그들은 절대 멈추지 않아. 결국 영혼이 없는 부하들을 데리고 런던으로, 영국으로, 유럽 전역으로 가겠지. 그러면 결국은 너와 네 친구도 어느 날 그들에게 발각될 거야."

"그렇다면 그들을 멈추게 해야죠. 에르크만 씨는 그런 힘을 가졌어요."

"나는 더 이상 힘이 없어."

"당신이 아니라면 누가 그 일을 할 수 있어요?"

"클로드, 과연 누가 해야 할까?"

"당신 뜻은… 그게 저라는 뜻인가요?"

"그래, 너에겐 이레몽거의 재능이 있어. 그걸 좋은 목적에 써야 해."

"하지만 저는 당신과 같은 영웅도 아니고 가위를 휘두르지도 못해요. 특별히 용감하지도 않아요. 할아버지가 벌인 짓들은 끔찍하지만…"

"정말 끔찍하지."

"만약 당신의 말이 진실이라면요. 저도 의심은 했었으니까."

"진실이야. 그건 너도 알잖아."

"그럼, 그러면…"

"그럼?"

"그러면, 제가 해야겠군요."

"좋았어. 우리는 한마음이야, 너와 나."

긴장한 기색이 역력한 재단사를 보면서, 나는 전쟁이 주는 전우애란 이런 것일까 생각했다. 나는 길고 가늘며 창백하지만 흥분에 떨고 있는 그와 악수했다. 자, 클로드, 지금 네 옆의 살인자와 손을 잡았다. 이 모험의 끝에 우리를 기다리는 것은 교수대의 밧줄일까? 헛간 너머에서 진흙탕을 질퍽대는 장화 소리와 함께 젊은 장교의 목소리가 들렸다.

"제군들! 서둘러, 이 해충들아! 검은 머리의 음침한 소년이 목표다. 그의 마개가 발견되었으니, 그도 곧 돌아올 거야. 재단사도 여기 근처에 있어. 자, 어서 흩어져서 이 더러운 마을을 몽땅 수색해."

그는 사촌 무어커스였다. 어디에 있든, 그는 자신의 존재감을 확실히 드러냈다.

"여기 새 권총은 퍽 마음에 들어. 한번 써 보고 싶어서 좀이 쑤신다니까. 이게 내 수호물이라면 좋겠군."

"하지만, 주인님."

"닥쳐, 토스트랙! 이건 런던에서 밀수한 보몬트 아담스야. 그 누구든 내 성질을 돋우면, 바로 이걸로 멋진 구멍을 내줄 거야."

잠시 침묵이 흘렀다.

"자네, 이름이 뭐지?" 무어커스가 불렀다.

"자일스 크롬튼입니다."

"여기 헛간들을 뒤져봐. 수상한 자를 보면, 호루라기를 불어라. 이 구더기들, 달팽이들, 지렁이들, 가라! 나머지는 날 따라와! 토스트랙! 넌 내 옆에 있어, 알았나?"

떠나가는 군화 소리가 들렸고, 차례차례 헛간들을 수색하는 기척이 났다. 잠시 후 우리가 숨은 헛간의 문이 휙 열리더니 랜턴을 든 경찰이 들어왔다. 그가 헛간 더미를 수색하는 동안, 재단사가 과감히 앞으로 나섰다. 뭔가 빛나는 금속이 번쩍이더니, 순식간에 모든 상황이 끝났다. 재빠르게 휘두른 가위가 경찰의 배에 구멍을 낸 것이었다. 그 경찰은 그저 멍한 표정으로 잠시 서 있었다. 마치 오랫동안 밀봉된 병뚜껑에서 새어 나오듯, 쾌쾌한 공기가 악취와 함께 흘러나왔다. 그리고 불에 탄 잿가루와 나무토막들, 썩은 종이, 도자기 파편들이 그 뚫린 구멍에서 흘러나와 바닥에 쏟아졌다.

"도대체 무슨 짓이야? 어떻게 내가 비워지고 있지…?"

재단사가 단호하고 신속한 몸짓으로 경찰의 베인 상처를 양쪽으로 잡아당겼다. 그러자 그 안에 있던 충전재가 전부 쏟아졌고, 경찰의 체구가 점점 줄어들었다. 그는 자기 몸을 내려다봤다.

"아, 내가 해체되고 있다니! 당신은, 당신은…"

경찰한테서 검은 가스가 빠져나오며 악취가 진동했다. 그는 가위를 든 남자를 올려다보며 말을 하려 했지만, 목소리가 차츰 약해졌다.

"그래, 나는 너의 재단사지." 재단사가 말했다.

그때 경찰의 코에서 검은 가스 한 줄기가 민달팽이처럼 빠져나와 그의 목에 달린 줄을 타고 호루라기로 들어갔다. 놀랍게도 최후의 단말마처럼 호루라기가 울렸고, 그는 생기를 잃고 바닥에 쓰러졌다.

"서둘러, 클로드. 곧 저들이 여기를 덮칠 거야."

더미 쉼터

파울샴의 선술집

제13장

맥주와 숙소

루시 페넌트의 이야기가 계속된다

선술집에는 사람들이 옹기종기 모여 양철 머그잔에 맥주를 따라 마시고 있었다. 얼굴이 벌게진 남자들과 누렇게 뜬 여자들이 있었고, 그 옆에는 아이들이 잠자코 있으라고 내준 과일주를 홀짝거리고 있었다. 그리고 술집 주인도 여전했다. 조금 더 늙고 더 살찌고 연신 굽신대고 있었으나, 옛 모습 그대로였다. 그렇다면 그의 아내는 어디에 있을까? 아주 깡마르고, 탈모가 심한 데다 요강처럼 둥근 얼굴이라 나와 친구들이 자주 놀려대곤 했었다. 그런데 지금은 어디에도 그녀가 보이지 않았다. 다만 진열대 옆에는 커다란 에나멜 술통이 놓여 있었다.

술집 내부는 어둡고 떠들썩했다. 한 남자가 쓰레기산의 발라드 한 곡을 부르고 있었고, 다른 이들은 함께 따라 부르거나 조용히 감상하고 있었다.

저 깊은 쓰레기산 계곡에서, 나는 변신을 했다네

어둠 속에서 나는 발견했다네. 졸졸 흐르는 소리와 함께
　　하얀 리넨 옷을 입은 아름다운 아가씨가
　　사랑스러운 미소를 지으며 나를 부르네
　　나는 쓰레기를 줍지 않을래, 더 이상, 더 이상
　　나는 쓰레기를 줍지 않을래, 더 이상

　어깨동무한 이웃 사람들이 테이블을 쾅쾅 두드리고 맥주잔을 부딪치고 있었다.

　　어둡고 깊은 곳으로, 저 멀리 그녀가 가네
　　아주 가볍게 총총히
　　그녀를 따라 나도 비틀거리며 간다네
　　날씨가 으르렁거리는 동안은
　　나는 쓰레기를 줍지 않을래, 더 이상, 더 이상
　　나는 쓰레기를 줍지 않을래. 더 이상

　술집 입구 옆에는 사람들이 걸어둔 허름한 모자와 외투들이 빽빽했고, 문 아래에는 날아온 쓰레기들, 즉 불에 그슬린 연애편지, 날짜가 지난 신문지, 유리 파편과 녹슨 못, 뼛조각과 천 조각들이 웅덩이를 이루고 있었다. 고향 집처럼 따뜻하고 훈훈했다.
　나는 옷걸이에 걸린 모자 하나를 몰래 집어 베네딕트에게 씌워 줬다. 그의 얼굴에 기어 다니는 딱정벌레를 가리려면 최소한의 변장이 필요했다.

그녀의 걸음 하나하나를 나는 서툴게 쫓아가네
나의 길을 벗어나 점점 더 깊숙한 곳으로.
그녀가 나를 부르네, 오, 나의 사랑
그래서 저 두려운 쓰레기 땅으로 나는 들어간다네
나는 쓰레기를 줍지 않을래, 더 이상, 더 이상
나는 쓰레기를 줍지 않을래. 더 이상

사람들 사이로 지나갈 때마다 나는 오랜 이웃인 것처럼 미소를 띠고 반갑게 인사했다. 노래가 계속되는 동안, 문 두드리는 소리는 들리지 않았다. 어렸을 때 드나들던 뒷문으로 빠져나가려 할 때, 선술집 주인이 나를 불러 세웠다.

"자, 너는 무얼 마실래?"

"생맥주 두 잔." 어쩔 수 없이 나는 돌아보며 대답했다.

그가 술잔을 가득 채우는 동안, 나는 간절한 마음으로 그를 뚫어져라 바라봤다. 저를 알아봐 주세요, 제발요. 그러나 주인의 충혈된 눈은 전혀 눈치채지 못한 것 같았다.

"3펜스." 주인이 말했다.

"3펜스래. 베네딕트, 네가 돈을 줘."

몇 시간 동안 우리는 걷고 걸었네, 늪과 개울을 지났네
마침내 그녀가 멈췄을 때, 우리는 저 깊은 곳에 닿았네
그녀가 돌아섰고, 그제야 나는 그녀를 보았네
그녀는 해골, 망자, 유령이었어

나는 쓰레기를 줍지 않을래, 더 이상, 더 이상
나는 쓰레기를 줍지 않을래, 더 이상

아, 딱한 베네딕트가 일으킨 아수라장이라니…. 그가 호주머니에서 꺼낸 것들은 실로 엄청났다. 도자기 조각들, 빛나는 단추 몇 개, 흙덩이, 죽은 갈매기, 검게 그을린 꼭두각시의 머리.

그녀가 나를 꽉 잡았네, 그녀의 포옹을 느꼈네
뼈가 앙상한 그녀의 얼굴을 보며 나는 비명을 질렀네
내 모든 숨결을 빼앗겼네
그리고 그녀는 떠나고, 나의 죽음만 남았네
나는 쓰레기를 줍지 않을래, 더 이상, 더 이상
나는 쓰레기를 줍지 않을래, 더 이상

그때 베네딕트의 돈이 쨍그랑 소리와 함께 탁자 위로 폭포수처럼 쏟아졌다. 노랫소리와 춤이 멈췄고, 모든 사람이 우리를 주시했다.

"여기 3펜스요. 이 친구는 러시아에서 와서 필칭이 낯설답니다." 나는 동전 몇 개를 골라 건네주며 말했다.

"필칭? 지금은 다들 파울샴이라고 부르는데… 넌 어디서 왔니?" 선술집 주인이 말했다.

"저를 모르세요? 저와 부모님은 여기 살았어요."

"글쎄다. 잠깐! 혹시 저거 하프 소버린 아냐? 저 금화를 소유하는 것은 불법이야!"

 술집 주인의 말에 다들 술렁였고, 어둠 속에서 누군가의 눈빛이 번쩍 빛났다. 그러더니 우산을 든 젊은 남자가 서둘러 일어나 출구 쪽으로 갔다. 그런데 문이 열리자마자, 쓰레기 더미가 술집 안으로 쏟아져 들어왔다. 여기저기서 비명이 들렸다.

 "회합! 회합이야!"

 "베네딕트, 빨리! 이쪽으로 가자!"

 나는 베네딕트를 데리고 뒷문을 통해 거리로 빠져나갔다. 저기 가파른 언덕 위에 내가 살던 하숙집이 보였다. 건물 벽에는 광고 전단들이 덕지덕지 붙어 있었다.

휘팅 부인의 하숙집
셋방 있음
합리적인 요금, 실내 가구 완비!
짐꾼은 항상 대기 중!
청결 보장, 질병 없음
건강한 손님만 받습니다.

 하숙집 앞에 도착한 나는 벨을 눌렀다. 아무 반응이 없었다. 우리 주위로 세차게 부는 바람 때문에 거리의 쓰레기들이 날려 와 부딪혔다. 조금 떨어진 집에서 유리창이 깨졌다. 나는 벨을 마구 눌렀다. 거리에는 신문지 몇 장이 춤을 추며 돌아다니더니 곧 종잇조각들이 눈처럼 내렸다.

"그들이 오고 있어. 그들이 오고 있어!" 베네딕트가 외쳤다.

"제발, 문 열어요! 어서!"

나는 문고리를 마구 잡아당기고 벨을 힘차게 눌렀다. 드디어 귀에 익은 목소리가 들렸다.

"누구야? 왜 이렇게 시끄럽지? 지금 난 멋진 나팔총을 들고 있어. 썩 꺼져!"

"휘팅 부인? 저, 루시 페넌트예요."

"루시 페넌트? 그럴 리가? 그 아이는 죽었어. 게임 끝이지!"

"아직은 아니요. 문 좀 열어주시겠어요?"

"글쎄, 여기는 예약이 꽉 차 있는데."

"우리는 돈이 있어요, 아주 많이요."

노부인은 문을 열어 우리를 들여보낸 다음, 문에 자물쇠까지 채웠다.

"루시 페넌트! 그래! 음, 너희들 냄새가 좀… 집에 냄새가 배겠구나."

그녀는 거의 늙지 않았다. 파울샴에서 보기 드물게 화려한 옷차림만을 고집하는 중년의 여인이었다.

"여행하다가 고향에 들러봤죠. 방이 필요해요."

"그럼, 목욕부터 해야지." 그녀가 말했다.

이번에는 조약돌처럼 가벼운 노크 소리가 났다. 참으로 교활한 쓰레기 더미다.

"저 문은 부디 열어주지 마세요."

나는 베네딕트에게 건네받은 돈으로 방값을 계산했다. 무려 반

파운드나!

"루시, 정말 돈이 많구나! 귀여운 강아지야, 어느 방을 줄까?" 노부인은 눈치를 살피며 계속 말했다. "하이튼 씨의 방을 내주마. 환기가 필요하지만, 그런 걸로 불평하진 않겠지?"

"오, 하이튼 씨에게 무슨 일이 있었나요?"

"지난봄에 놋쇠 방수막으로 바뀌었지. 내 그럴 줄 알았어."

"가엾은 하이튼 씨."

"누가 인생을 장담할 수 있겠니? 네 부모도 정말 안타까웠지. 그보다 좋은 짐꾼은 없었지. 지금은 롤링이 짐꾼을 맡고 있는데 해만 떨어지면 술 마시러 나가선 안 들어온단다. 매일 아침 술 끊겠다고 맹세하고, 며칠 만에 또 도돌이표야. 그런데 저 모자 쓴 사람은 누구?"

"이분은… 음, 팁 씨입니다. 아주 수줍음을 많이 타요."

"그래요, 팁 씨 반가워요. 루시 페넌트, 집에 돌아온 걸 환영해. 방은 깨끗이 쓰렴."

나는 문을 닫고 방을 둘러봤다. 하이튼 씨의 가구와 물품들은 먼지가 뽀얀 채 그대로다. 색 바랜 커튼 사이로 살짝 내다보니, 밖에는 아주 큰 회합이 너울처럼 일렁였다. 아주 잠깐 베네딕트의 얼굴과 형상을 흉내 내다가 곧 주먹으로 제 머리를 두들기는 동작을 보여준 다음, 갑자기 슬픈 신음과 함께 폭발했다. 거리 전체에 끔찍한 충돌음이 울렸다.

"다들, 자러 가! 점잖지 못하게!" 휘팅 부인이 밤을 향해 외쳤다.

마침내 발견된, 리핏 이레몽거

제14장
태양이 떠오르기 전에

클로드 이레몽거의 이야기가 계속된다

마지막 우편물

나는 재단사와 함께 샛길을 통해 헛간 밖으로 빠져나왔다. 경찰들이 달려오며 등 뒤에서 회중전등 불빛이 번쩍이고 호루라기 소리가 쉴 새 없이 들렸다.

"멈춰! 살인자! 안 그러면 쏜다!"

총이 발사되어 벽에 파편과 먼지가 튀었다. 오늘 밤 저들이 나를 죽이려는 거야.

지리에 익숙한 재단사를 따라가려고 나는 꽤 서둘러야 했다.

"서둘러! 어떻게든 집에 도착해야 해. 어서, 클로드."

그런데 어두침침한 거리를 달리다 보니 정작 서둘러야 하는 사람은 내가 아니라 재단사였다. 리핏 사촌의 목소리가 점점 크고 강해지면서 그는 자꾸 걸음이 느려졌다.

'리핏 이레몽거! 리핏 이레몽거!'

'편지 칼! 편지 칼! 편지 칼!'

재단사의 내부에서도 그에 호응하듯 불길한 소리가 났다. 끔찍한 듀엣을 이루는 두 사람의 목소리. 어디로 가든, 파울샴 거지들의 아우성치는 소리와 우리를 추격하는 무어커스와 그의 부하들의 외침이 따라다녔다. 마침 길바닥에 버려진 중고 장식장이 내는 '클라크 하사'라는 신음을 듣고 나는 잠시 멈췄다.

"제발, 하사님. 괜찮다면 길을 막아주시면 좋겠습니다."

"대장, 명령입니까?"

"네, 명령할게요, 하사님."

"충성!"

장식장은 즉각 대답했고, 우리가 지나자마자 일부러 쓰러져서 길을 막았다. 우리는 임대주택 뒷문을 통해 대로로 빠져나왔다. 우리는 거의 무방비로 노출되었다. 동이 터오자, 거대한 노란 횃불처럼 태양이 타오르며 파울샴의 더러운 대로를 달리는 우리를 가리키는 듯했다. 여기 언덕에 클로드가 있어!

'리핏 이레몽거! 리핏 이레몽거!'

'편지 칼! 편지 칼!'

'리핏 이레몽거! 리핏 이레몽거!'

우리 뒤에서 호루라기를 부는 경찰들이 행인들에게 탐문할 때마다 너도나도 대답했다.

"저기요! 저기!"

언덕 위를 달리는 우리의 그림자가 점점 길어졌다. 에르크만의 그림자는 아주 길게 뻗어 있어서, 우리보다 먼저 공장에 도착할 것 같았다. 그런데 그 그림자가 별안간 흔들리고 작아졌다. 리핏

이 그를 장악한 것일까?

"클로드 이레몽거! 저 멀리 언덕 꼭대기에 하얀 건물이 보이니?"

"네, 보여요."

"저 건물 다락방이 내가 사는 곳이야."

"서둘러요, 이러다 그들한테 따라잡혀요!"

'리핏 이레몽거! 리핏 이레몽거!'

'편지 칼! 편지 칼!'

"난 지쳤어! 클로드 이레몽거, 당장 도망쳐. 저 해치는 건물 지하로 통하는 컨베이어 벨트처럼 보이지만, 사실 그리로 올라가면 내 다락방이 나와. 지난 5년간 내 은신처였지."

'리핏 이레몽거! 리핏 이레몽거!'

마을 아래에서부터 태양이 떠오르고, 그 내면의 소리가 아주 공공연하게 울려 퍼졌다. 그리고 그에 화답하듯 누군가의 외침이 들렸다.

"리핏! 리핏이 우리를 부르는구나!"

"아, 이드위드 삼촌이에요! 그가 리핏의 소리를 들었어요."

나는 울음을 터트렸다.

"아, 숨이 차. 클로드. 나는 끝이야. 너는 어서 도망가. 그리고 숨어라."

"안 돼요, 선생님. 제발 저를 떠나지 마세요."

'리피트이레몽거리리리피트이리레몽거!'

"리핏 이레몽거! 내가 너에게 가마!"

길 아래에서 이드위드 삼촌이 올라오고 있었다.

'편지 칼! 편지 칼!'

'리피트이레몽거리리리피트이리레몽거!'

"클로드, 힘껏 도망쳐. 네가 그들을 막아야 해."

파울샴의 재단사는 가위를 높이 치켜들고 방향을 돌려 길 아래로 내려갔다. 내 뒤에서 들리는 외침, 우르르 뛰쳐나온 경찰들과 창가에 구경하던 사람들이 한결같이 외쳤다.

"재단사! 재단사가 저기 있어! 저놈을 잡아라!"

마지막으로 한 번 더 돌아보았다. 재단사의 머리가 뒤로 젖혀지며 막대가 부러지듯 그의 관절이 차례로 꺾였다. 우두둑 소리가 날 때마다 그는 비틀대고 기울어지고 쓰러져서 마침내 눈에 보이지 않을 정도로 작아졌다. 그리고 그곳에는 땅에 떨어진 편지 칼뿐이다. 그 모든 비명과 아우성 속에서 들리는 아주 날카롭고 새된 음성.

'알렉산더 에르크만!'

그리고 그 옆에 내 사촌의 목소리가 나란히 들렸다. 기이하게 작고 뚱뚱한 남자.

"리핏 이레몽거. 리핏 이레몽거."

"오, 리핏! 내 조카가 돌아왔구나!" 이드위드가 소리쳤다.

그때쯤 이미 나는 언덕 꼭대기의 하얀 건물 앞에 당도해 있었다.

휘팅 부인의 하숙집
셋방 있음

길이 온통 오물투성이라서 발 디딜 곳을 찾기 힘들었다. 이레몽 거 경찰들이 곧 나를 쫓아 올 것이다. 드디어 석탄 해치를 발견했다. 나는 해치를 열고 까맣고 어두운 컨베이어 벨트 안으로 들어갔다. 그의 지시대로 기어가다 보니 사다리가 나타났다. 언제든 무너질 것 같은 사다리를 오르고 또 오르다 보니 어느새 통로가 끝났다. 내가 굴러떨어진 곳은 어떤 다락방의 벽난로 위였다.

제2부

루시의 집

비나디트

제15장
다시 찾은 나의 집

루시 페넌트의 이야기가 계속된다

아침이 밝았다. 여전히 하늘은 잿빛이고, 매섭게 부는 비바람으로 집이 흔들리고 창문이 덜컹거렸다. 잠시 후 나는 창문을 두드리는 것이 빗방울이 아니라 쓰레기 조각임을 깨달았다. 찢어진 옷가지들, 부서진 유리와 못 조각들. 엄청난 여정 끝에 집으로 돌아왔는데, 여전히 환대받지 않는 기분이었다. 하이튼 씨의 침대에 누워 천장에 난 실금의 개수를 세면서, 나는 오랜만에 한가함을 즐겼다. 이대로 가만히 누워 있으면, 이제껏 일어난 사건 사고들이 전부 사라질 것 같았다. 어쩌면 부모님이 계단을 올라와 왜 이 방에 있냐고 나를 꾸짖고, 하이튼 씨도 더는 놋쇠 바람막이가 아니라 사람일 테고, 내가 고아원에 갈 이유도 없고, 커스퍼 이레몽거가 메리 스태그스와 착각해 나를 하녀로 데려갔을 리도 없었다. 그 비뚤어진 힙 하우스에서 벽난로를 청소하지도, 나만 아니라면 평온하게 지냈을 플로렌스 발콤비를 만날 일도 없었다. 이 세상에 콧수염 찻잔도 존재하지 않았을 테고, 그 끔찍한 폭풍 때문에 불쌍한 터미스가 쓰레기산에서 익사하는 사고도 일어나지 말았어야 했다.

만약 내가 죽은 듯 가만히 있었다면, 그 모든 상황이 없었던 일이 될까? 만약 내가 겪은 사건들이 일어나지 않았다면, 아, 그렇다면! 나는 절대 그를 만나지 못했을 것이다. 그리고 내가 클로드에게 약속했다. 어떤 어려움이든 헤치고 그를 찾아가겠다고.

"클로드!" 꿈속에서 지척에 있는 그를 부르다가 난 그만 침대 아래로 굴러떨어졌다.

"아야!"

그때 들린 걸걸한 목소리. 그래, 이 모든 것이 현실이다. 침대 바닥에는 온갖 쓰레기 조각들이 수북했고, 그중 가장 큰 더미가 살아 움직이니까. 게다가 방금 내가 그것 위로 떨어지기까지 했다.

"안녕, 팁 씨. 좋은 아침이야." 나는 베네딕트에게 인사했다.

"여긴 어디야?"

"집!" 내가 말했다. "우리는 집에 온 거야."

♠

창밖으로 거리를 내다보니, 이른 아침부터 바삐 움직이는 통행인들 가운데 낯선 남자가 거리 귀퉁이에 숨어 하숙집을 올려다보고 있었다. 언덕 위쪽에는 검은 연기를 내뿜는 베이리프 하우스의 정문이 보였다. 하숙집 주변에는 어제보다 두 배는 더 많은 쓰레기가 쌓여 있었다. 아무래도 베네딕트를 확실히 변장시킬 계획을 세워야 했다. 그러니까 목욕부터 해야 한다.

"넌 이제 문명인이 되어야겠어, 베네딕트."

"그런 건 질색인데."

"너를 약간 문지르고 다듬어 깨끗하게 하려는 거야."

"아파?"

"음, 아마 조금은?"

"너를 잡아먹을래."

"글쎄, 그건 다음 기회에 해. 지금은 1876년이니, 근대인답게 꾸밀 시간이야."

그의 주변에 맴도는 뚱뚱한 딱정벌레가 눈에 띄자, 그는 냉큼 손톱으로 찔러 곤충을 먹기 시작했다. 시작부터 불길했다.

"아무래도 도움이 필요하겠어."

♠

베네딕트는 뒷방으로 보내고, 나는 열쇠 구멍 앞에 작은 의자를 놓아두고 바깥 복도를 정찰하고 있었다. 여기는 내 관할이다. 이 집에서 돌아다니는 벼룩의 동태까지 훤히 꿰뚫고 있으니까. 늙은 워커 부인과 그녀의 애완 쥐 솔로몬이 지나가는 모습이 보였다. 아, 세상에. 내 발꿈치를 졸졸 따라다니던 작고 귀여운 솔로몬, 지금은 털이 빠져 얼마나 볼품이 없는지. 워커 부인은 내게 솔로몬을 산책시키는 대가로 각설탕을 주곤 했다. 가난한 필칭 주민들에겐 쥐도 썩 괜찮은 반려동물이었다.

"안녕하세요." 나는 절대 들리지 않을 작은 목소리로 인사했다.

조금 후 하딩 부부가 계단에 나타났다. 늘 그렇듯 가죽옷을 입고 새벽 근무를 떠나는 중이었다. 하딩 부부는 기침이 심하고 우울해 보였다. 사실 그들은 자녀 둘을 티켓과 바꿨다고 해서 이웃들로부터 손가락질받았다. 그들 뒤로 가죽옷 입은 쓰레기 인부들이 보였다. 그들은 버클이 채워진 가죽 마스크 아래에 얼굴을 가리고 있었다. 특별 휴가가 아니면 대부분 매일 같이 쓰레기산에 나가야 했고, 학생들은 수업을 빠지고 일하러 가는 경우도 비일비재했다. 그렇게 해서 오후에는 노인들과 아이들만 하숙집에 남아 있었다.

잠시 후 활달한 발소리가 들리더니 내 또래 소녀가 어린 소년을 데리고 계단을 올라왔다. 제니 라이얼과 그녀의 남동생 딕. 그는 종종 바퀴벌레를 잡아서 달리기 경주 내기를 벌였기 때문에 버그라는 별명이 붙었다. 하지만 이레몽거 경찰이 5인 이상 집합 금지 조치를 시행한 이후 딕의 내기판도 중단되었다. 어쨌든 그 후로도 그는 변함없이 버그라고 불렸다.

"젠![8] 여기, 여기를 봐!" 내가 열쇠 구멍으로 속삭였다.

그녀와 버그는 얼굴을 찌푸리며 걸음을 멈췄다.

"거기 누구니?" 그녀가 물었다.

"누구인 거 같니?" 나는 물었다.

"하이튼 씨의 유령인가?" 버그가 물었다.

"아니, 그럴 리는 없어." 젠이 대꾸했다.

● 8 제니의 애칭

"나야, 나!" 내가 말했다.

"피투성이 루시 페넌트?" 젠이 말했다.

"그 누나는 벌써 죽었는데?" 버그가 반박했다.

"누가 뭐라든 난 살아 있어. 둘 다 이리로 들어와. 빨리!"

그들이 쏜살같이 방에 뛰어들자, 나는 재빠르게 문을 닫았다.

"루시, 무슨 일 있었던 거야? 네 곱슬머리가 장난 아닌데?"

"얘기가 길어."

"너 도망친 거 아냐? 그럼, 그들이 너를 찾아올 거야. 그리고 그 하녀 옷은 그만 벗어버리라고."

그리하여 내가 그녀에게 내 이야기를 토막토막 들려주고 있을 때, 주위를 둘러보던 버그가 베네딕트를 발견하고 소리쳤다.

"도대체 저건 뭐야? 맙소사, 회합? 젠, 어서 도망가야 해!"

그러자 낯선 사람들의 출현에 겁먹고 있던 베네딕트가 비명을 질렀고, 제니와 버그가 소동에 합세했고, 나 역시 입 다물라고 고함쳤다. 마침내 평온을 되찾았지만, 하숙집에 다른 사람이 있다면 분명히 소동을 들었을 것이다.

"그의 이름은 베네딕트이고, 내 친구야. 절대 너희들을 해치지 않는다고 보증할게. 오, 베네딕트, 제발 진정하자."

"어디서 그걸 찾았니?" 버그가 속삭였다.

"아니, 그가 나를 찾았어. 쓰레기산에서. 사람들이 놀라지 않게, 내가 베네딕트를 제대로 꾸밀 생각이야."

"음, 절대 나한테는 시키지는 마. 그나저나 나는 버그야. 안녕?"

버그가 악수하려고 손을 내밀었다가, 베네딕트에게 거의 물어

뜯길 뻔했다.

"오, 베네딕트, 안 돼!"

"나를 잡아먹으려나 봐. 피에 굶주렸어!"

"아니야, 그는 익숙하지 않은 것뿐이야. 파울샴 사람들이 그를 우리에 가두고 괴롭혔으니까. 일단 먼저 씻겨야 해. 비누와 욕조, 솔과 가위, 그리고 손톱깎이도 필요해."

먼저 제니가 도와주겠다고 나섰고, 버그는 내키지는 않지만 도와줄 마음을 먹었다.

"잠깐만. 너 통행증은 있니? 베네딕트는?" 제니가 말했다.

"아마 없을걸?" 내가 말했다.

"파울샴에서는 검문에 대비해서 통행증이 필요해. 이레몽거를 제외하고, 누구나 언제든 통행증을 보여줘야 해. 현관에서 짐꾼 롤링이 통행증을 검사하곤 해."

약간 패배 의식을 느꼈다고 인정해야겠다. 결국 루시 페넌트와 수상한 거인, 둘 다 불법체류자라서 언제든 체포될 수 있다.

내 옆에 앉은 제니가 새로운 이웃들과 염탐꾼 롤링에 대해 얘기해줬다. 내가 옛 동무인 앤 도슨, 베스 휘틀러, 톰 잭슨, 그리고 사팔뜨기 아서 베켓의 안부를 묻자, 제니는 그들이 모두 티켓과 교환되었다고 말했다.

"어떻게 부모가 아이들을 팔 수 있어? 너무 역겨워!"

"잠깐, 루시, 너무 쉽게 판단하지 마. 이레몽거들이 티켓 가격을 올렸어. 가난한 가족들에겐 유일한 해결책이지. 게다가 티켓과 교환된 아이들한테 좋은 음식만 먹이고 교육도 잘해 준대. 어쩌면 나와 버그도 티켓을 받을지 몰라. 그러면 여기를 벗어나 다른 곳에 갈 거야. 더 이상 쓰레기산에 갈 필요도 없고, 아마 유니폼을 입고 돈을 계산하는 근사한 일을 하겠지. 그리고 헤어진 친구들도 다시 만날 수 있잖아?"

"이레몽거 가문은 정말 대단한 사업가들이야."

나는 나직이 말했다.

제니의 짧은 연설에 속이 쓰렸다. 파울샴의 모든 곳이 썩었고, 가엾은 제니는 거의 모든 희망을 잃었다. 그녀를 예전처럼 돌려놓아야 해.

"위층에 있는 남자는 어떻게 지내? 절대 방 밖에 나오지 않는 사람 말이야. 우리가 열쇠 구멍으로 훔쳐보곤 했었는데, 기억나니?"

"아무도 거기 살지 않아. 엄마는 그냥 집이 낡아서 삐걱거리는 거래. 워커 부인의 쥐조차 계단참에서 찍찍 울 뿐 더 올라가지 않거든."

"와! 저 친구를 봐." 버그가 감탄하며 베네딕트를 가리키며 말했다. "소름 돋는 벌레가 온몸을 기어 다니고 있어."

"그래, 저 벌레들이 둥지를 틀기 전에 비누가 필요해."

제니와 버그가 자기 집에서 세탁 용구를 가져왔다. 부모가 눈치 채기 전에 반드시 제자리에 돌려놓아야 한다고 제니가 강조했다.

"네가 돌아와서 기뻐, 루시." 떠나기 전에 제니가 말했다. "내가 너라면 정말 조심할 거야. 롤링이 모든 방의 열쇠를 가지고 어디든 들락날락하거든. 그는 철두철미하게 이레몽거를 위해 일해. 어쩌면 그가 티켓 사업의 끄나풀일지도 몰라. 그가 오기 전까지 하딩 부부 외엔 티켓을 받은 이웃들은 없었으니까."

"제니, 넌 베이리프 하우스로 간 아이들을 본 적 있니?"

"아니, 그곳에서 살면 여기 돌아오고 싶지 않을 수도 있어."

"하지만 그렇지 않다면? 아무도 본 적이 없다면 진실도 알 수 없어."

"이 세상에 우리를 위한 게 아무것도 없다는 거야? 우리는 런던에 갈 수 없어. 그쪽 성벽은 경비가 삼엄해서 벽 너머에 고개만 내밀어도 총알이 날아와. 수레는 샅샅이 수색되지. 그러니까 티켓이 더 나은 선택이 아니라면…" 제니의 목소리가 잦아들었다. "그러면 우리에게 모든 희망이 사라지는 거야."

"나는 힙 하우스에서 이레몽거 소년을 만났어. 그가 사물들에 관한 끔찍한 진실을 발견했고, 이레몽거들이 그의 입을 막으려고 추격 중이야. 그가 모든 상황을 아니까 우리를 돕지 못하게 막으려는 거지. 제니, 학교 친구들을 모아볼래? 그들에게 진상을 알리고 티켓으로 바뀐 아이들을 찾아야 해."

"모든 모임은 금지되었어. 저들이 절대 허용할 리 없어."

"하지만 아무도 나서지 않는다면, 우리는 하나씩 침묵하다가 영원히 사라질 거야!"

"일단 생각해볼게. 솔직히 말해서, 나는 너무 겁이 나. 루시."

"좋아. 네가 저들이 두려움의 대상임을 알게 된 것만으로도 다행이야. 그들이 끔찍한 진실을 숨기지 않았다면, 왜 우리를 위협하려 할까?"

"좋아, 루시. 힘껏 노력해 볼게." 그녀가 다짐했다.

제니와 버그는 학교로 갔다. 그래, 우리만의 군대를 조직할 거야. 정말 대단한 아이디어다! 나는 베네딕트에게로 시선을 돌렸다.

"자, 네 몸에 붙은 것들과 작별할 준비가 됐니?"

"뭐? 그들은 내 거야. 내 몸이 그들 집이야."

"이제 그들은 철거민 신세가 될 거야."

♠

나는 위험을 무릅쓰고 양동이 몇 개를 들고 거리 광장의 오래된 우물로 나갔다. 훔친 가죽옷을 걸치고 있으니 나도 그들처럼 평범해 보였다. 베네딕트에게는 절대 창가에 있지 말라고 신신당부했다.

하숙집 주위의 수북한 쓰레기들을 가로질러 우물가로 갔다. 그때 낌새가 수상한 사람들을 발견했다. 거리 모퉁이마다 한 명씩 자리 잡고, 파이프를 피우고 빵 부스러기를 먹고 있었다. 한눈에 봐도 파울샴 주민들이 아닌 듯했다. 혹시 이 낡은 하숙집이 죽음의 함정일까?

차가운 아침 공기에 하얀 입김이 절로 뿜어져 나왔다. 비로소 나는 그들의 입김이 나처럼 하얗지 않고 거무스름하다는 걸 알아차렸다. 도대체 무슨 일이 있는 걸까?

양동이에 물을 가득 채워 집으로 돌아왔다. 아니나 다를까, 2분 전에 치운 쓰레기들이 그사이에 다시 돌아와 현관 앞 계단까지 쌓였다. 방에는 베네딕트가 몸을 떨며 기다리고 있었다.

"너무 오래 나갔다 왔어! 걱정했어!"

"무사히 돌아왔으니 소란 떨 것 없어! 내 몸 하나는 지킬 수 있으니까."

나는 불을 피우고 물을 데웠다. 베네딕트가 안심하도록 내가 먼저 씻은 후에 제니가 준 드레스를 입었다. 입던 옷은 벽난로에 던져넣었다. 나는 양동이를 한 통 더 데워 욕조에 부은 다음 베네딕트를 불렀다.

"팁 씨, 이제 네 차례야!"

목욕이 시작되었다. 깨끗한 물은 순식간에 땟국물이 되었다. 베네딕트가 욕조에서 첨벙대는 동안, 벌레와 곤충들도 물에 빠져 허우적댔고 몇몇 벌레는 간신히 욕조 끝으로 기어올라 자유를 찾았다.

한 사람을 구슬려서 문명인으로 돌려보내는 일은 쉽지 않았다. 어쩌면 소방관의 대포, 아니면 외과 의사의 메스가 필요할지도 모른다. 아주 천천히 조심스럽게 닦기 시작했다. 때를 단숨에 벗겨버리면, 이 불쌍한 사람은 제풀에 놀라 죽을지도 모른다.

맨 먼저 그의 얼굴과 손을 목표로 삼고 가위를 들었다. 그의 정수리에 난 머리카락은 알고 보니 오래된 등나무 매트였다. 목욕 중에 발견된 물건 목록은 다음과 같다. 자수 쿠션, 찌그러진 숙녀 모자, 페인트 솔 두 개, 시집 한 권, 벨라 도나가 쓴 신작 로맨스물

『절대로 잊지 않으리』, 자전거 부품, (펀치로 보이는)[9] 검은 머리의 꼭두각시, 실제로 그의 몸에서 자라고 있던 야생 버섯과 마늘, 연 두어 개, 고양이 사체, 토끼 뼈, 오래된 신문지, 말의 내장, 십자가 두 개, 긴 고무 튜브, 문고리…. 그 밖에도 여러 가지가 있었지만, 거의 알아보기 힘드니 그냥 넘어가도록 하자. 아무튼 정체 모를 물건들을 씻어내자, 그의 몸집도 점점 작아졌다.

"기분이 어때, 팁 씨?"

"나빠. 아주 나빠졌어."

참으로 이상한 발견이었다. 그의 이마에 뭔가 붙어 있었다. 하얀 타일, 아니면 고무 조각?

"아야!" 내가 잡아당기자 그가 소리쳤다.

드디어 그의 맨살이 드러난 것이었다. 나는 고개를 숙여 그 고무 같은 피부에 키스를 해줬다. 그 후로도 그의 얼굴에서 오래된 전단 포스터 두 장과 벽지를 벗겨냈고, 코에 박힌 타르와 이빨을 떼어 냈다. 웬만큼 씻기자 그의 얼굴은 절반으로 줄었고, 왠지 낯설게 느껴졌다.

"베네딕트, 내가 너의 본래 모습을 찾은 것 같아."

"루시 페넌트, 나는 이제 나 자신을 잃어버린 거야."

그의 멍든 입술이 내 입술에 닿았다. 그건 정확히 키스는 아니었다. 대체 뭐 하려는 거야? 그의 입술이 다시 가까이 왔는데, 그건 확실히 키스다.

● 9 펀치(Punch)는 16세기 이탈리아 코미디 주인공 '푸치넬라'의 별칭이며, 영국 빅토리아 시대에는 '펀치맨'이 조종하는 인형 단막극이 큰 유행을 거뒀다.

"루시 페넌트, 루시 페넌트, 난 뭐야?"
"왜? 너는 네가 뭐라고 생각하는데? 넌 사람이고 남자야."
나는 느닷없는 질문에 당황해서 말했다.
"난 겁쟁이야. 아주 큰 겁보."
"글쎄, 그건 별로 자랑할 일은 아니야."

♠

하이튼 씨의 방에는 주인 잃은 물건들이 그대로 방치되어 있었다. 오래된 옷가지에서 회색 바지, 깃이 없는 셔츠와 검은색 재킷을 골라 베네딕트에게 입혔고, 단추들은 그의 전리품으로 주었다. 불쌍한 하이튼 씨…

하지만 베네딕트에게 부츠를 신길 때는 퍽 고생했다. 목욕하고 단장을 끝낸 그는 자기 모습에 크게 실망했고, 그나마 몸에 붙어 있던 물건 몇 개를 호주머니에 몰래 숨기는 걸로 위안을 삼았다.

"팁 씨, 이제 사교계에 나갈 때야. 휘팅 부인을 만나러 가자. 그녀는 이 집처럼 안전해."

"그러고 싶진 않아."

"넌 그냥 '안녕'이라고 인사만 해. 나머지는 내가 맡을게."

그가 걸을 때마다, 그의 무게를 불평이라도 하듯 마룻바닥이 삐걱거렸다. 계단 위나 난간 쪽에는 아무도 없었다. 자, 이제 사교계로 진출한다.

♠

우리는 휘팅 부인의 집으로 올라갔다. 사실 눈을 감고도 그곳을 찾아갈 수 있었다. 어린 나에게 그 집은 공포, 경이, 낯설음, 기회로 가득 찬 장소였다. 3층에 자리한 그 집은 이 하숙집에서 가장 넓고 화려했다. 특히 휘팅 부인은 고인이 되신 모친의 흰 머리카락(물론 세공이 뛰어난 액자에 들어 있다)과 편지들을 비롯해 각종 유품과 수집품을 허투루 버리지 않고 차곡차곡 보관해 두었다. 그 때문에 수집품의 무게로 마룻바닥이 곳곳에 움푹 꺼졌지만, 휘팅 부인은 소장품을 줄이는 대신 아래층에 살던 모든 가족을 내보내고 그곳에 철근 대들보를 세워 집이 무너지지 않게 공사했다.

"어서 들어와라, 루시! 다시 보니 반갑구나… 루시, 너와 함께 있는 사람이 누구라고 그랬지?"

휘팅 부인은 베네딕트가 지난번 본 사람이 맞는지 의아해하며 물었다.

"팁 씨에요. 자, 팁 씨, 휘팅 부인께 인사하세요."

"글쎄, 네 마음에 든다면야. 내 남편감을 고르는 일도 아니니까."

"우리는 부부가 아니라 친구예요, 휘팅 부인."

"오, 루시! 이제야 안심이 되는구나. 네 사랑하는 부모님이 이 결혼을 허락할 리가 없을 테니 말이야. 어쨌든 이제는 내가 네 후견인이나 마찬가지 아니겠니? 자, 팁 씨, 내 소장품들을 좀 보여드릴까요?"

"네." 그는 마지못해 대답했다.

"오, 예의가 바르군요. 아마 제 첫인상보다 당신에게 더 좋은 면이 있겠어요. 자, 이리 앉으세요. 제 물건들을 보여 드릴게요."

예상치 못했던 일이었다. 휘팅 부인이 베네딕트에게 소장품을 보여주느라 부산떠는 동안, 나는 옛 세입자에 관한 서류를 찾아볼 수 있었다.

"팁 씨. 여기 이 꽃병은 제 전남편 아서 기딩스예요. 그는 쓰레기산에서 일하던 중에 아이의 젖니를 잘못 삼켰죠. 그리고 일주일도 안 돼서 이 꽃병으로 바뀐 거예요. 루시, 저기 있는 행크스를 가져다주겠니?"

노부인은 회상에 빠져들자 주체하기 힘들 정도로 눈물이 많아졌다. 나는 그녀가 요청한 대로 찬장에서 아주 묵직한 강철 절삭기를 꺼내왔다.

"여기 이분이 행크스예요. 머리맡에 두기에는 너무 무겁고 날카롭죠. 실제로도 그는 왁스 바른 긴 콧수염 아래에 정말 못된 성질머리를 숨기고 있었죠. 그는 우울하면 럼주를 마시고 입이 험해졌어요. 나와 세입자들을 협박하기 일쑤였다니까요. 다행히 내가 '살인이야!'라고 외칠 때마다 세입자들이 도와주러 왔죠. 내 인생에서 여러 차례 도움을 받아왔지만, 그 점은 전혀 부끄럽지 않아요. 아무튼 하루는 행크스가 끔찍한 발작을 일으켰는데, 이튿날 일어나보니 침대(이 매트리스는 정말 착하셨던 고모 그레이스랍니다)에 이것이 놓여 있었답니다. 행크스가 종이 절삭기로 변신한 거예요!"

그다음에 내가 가져온 휘팅(초인종)은 이 수다 많은 부인에게 자부심과 기쁨을 안겨줬다.

"하지만 휘팅은 달랐어요. 말수는 적지만 품성이 따뜻했답니다 (사실 말수가 적으면 그만큼 더 노력해야 마땅하죠). 어쨌든 나의 휘팅도 세입자 중 하나였는데, 내 침실 앞에 작은 물건들을 몰래 두고 가곤 했어요. 소소한 편지들, 튀김기, 그의 소중한 머리칼과 손톱깎이… 그것들을 기다리는 기쁨이라니!

그런데 언제부터인지 집을 샅샅이 뒤져도 그가 없었어요. 그의 속삭임도 들리지 않았어요. 오, 세상에! 그런데 그가 바로 저 문 옆에 있었던 거예요. 저기! 초인종이죠! 내 평생 한 번도 초인종을 신경 쓴 적 없었는데…. 처음에는 기딩스, 다음에는 행크스, 마지막으로 나의 소중한 휘팅. 아, 난 정말 운이 지지리도 없는 여자랍니다."

그때 난 서랍 속에서 서류를 찾았다! 휘팅 부인의 세입자들, 그 불쌍한 이름들 위로 X자가 그어졌고, 그 옆에 그들이 바뀐 물건이 적혀 있었다. 나는 서류를 챙긴 다음 거실로 갈 참이었다. 그때 휘팅 부인의 음모 섞인 목소리가 들렸다.

"이봐요. 난 사람들 얼굴만 보면 언제 병에 걸릴지 알아요. 팁 씨, 내가 알려 드릴게요. 루시는 곧 열병에 쓰러질 거예요. 정말 안 된 일이지만, 그녀가 물건으로 바뀌면, 그땐 내가 가져도 될까요?"

베네딕트가 이해할 수 없다는 듯이 그녀를 쳐다보았다.

"루시가 내 소장품이 되면 잘 보관할 작정이에요. 그녀를 위한 완벽한 장소도 생각했다니까요! 저기, 저 수프 냄비와 양초 가위 사이에요. 왜냐하면 저것들이 루시의 부모이니까요."

뭐라고? 그녀의 말이 진실일까? 오, 수프 냄비와 양초 가위가 나의 소중한 부모님이라니!

"당신이 루시를 넘긴다면, 난 풀세트를 소장한 셈이죠. 그들도 루시가 함께 있으면 행복하겠죠. 먼지 한 톨 없이 잘 보관하겠다고 약속드리죠."

지금 당장 부모님을 모시고 떠나고 싶었다. 하지만 휘팅 부인이 분명히 롤링을 부를 것이고, 그러면 우리는 끝장날 것이다. 꼭 다시 돌아와서 모시고 갈게요. 약속해요.

"루시가 너무 큰 물건은 아니었으면 좋을 텐데. 갓난아기가 사물로 바뀌었다면, 분명 작고 섬세한 것이 상상되겠죠? 그런데 그 아기가 바뀐 게 저 커다란 화덕이라오. 그때의 악몽이란… 그래서 난 루시가 무엇으로 바뀔지 궁금해요."

"단추에요." 베네딕트가 말했다.

"그래요? 하긴 누가 알겠어요? 자, 팁 씨, 만약 사물로 바뀐 루시를 내게 넘기지 않는다면, 나는 롤링을 부를 거예요. 그러면 롤링이 당국에 고발하겠죠."

"뭘 한다고요?

"롤링은 수상한 자들을 경찰에게 넘겨요. 그 후로는 아무도 그 행방을 몰라요. 그런데… 어디선가 본 것 같은데… 팁 씨, 혹시 우리가 전에 만난 적이 있나요?"

"아니요."

"그런가요? 도대체 어디에서 당신을 봤지? 아, 벽! 그 포스터! 오, 맙소사! 그럴 리가 없어!"

"왜 그래요, 휘팅 부인?" 그제야 내가 앞으로 나서며 물었다.
"네가 사고를 쳤구나. 루시! 대형 사고야!"
"네, 휘팅 부인? 진정하세요."
"네가 그를 쓰레기산에서 데려왔어, 그렇지? 저것을 말이야!"
"그의 이름은 팁이에요. 베네딕트 팁!"
"오, 맙소사, 비나디트구나! 네가 이리로 데려왔어! 내 집으로!"
"이러다 경찰이 오겠어요."
"루시, 너는 이해하지 못해! 그는 버려지고… 추방된 자야."
미망인이 비명을 질렀다.
"아무도 그럴 권리는 없었어요!"
"멍청한 루시, 왜 쫓겨났는지 그가 설명해 주든?"
"그거야 틀림없이 바보 같은 이유겠죠."
"그는 쓰레기산에서 태어났어. 아무도 그의 엄마가 누구인지, 그가 어디서 왔는지 몰라. 어쨌든 파울샴에 그를 데려오자, 곳곳에서 아이들이 죽었어. 그런데 그는 죽지 않을뿐더러 오히려 더 뚱뚱해진 거야. 그때 내 딸도 죽었어! 저기 벽난로 위에 있는 비누 접시가 나의 니콜레트 로즈였다고! 그런데 그는 계속 돼지 같이 먹고 전혀 고상하지도 않고 존엄함도 없어!"
"그는 누구 못지않게 예의 있어요!" 내가 외쳤다.
"아냐! 아냐! 쓰레기 파도가 저 사람을 따라와 마을의 집들을 침수시켰어. 광장으로 나간 지 30분 만에 말이야. 그래서 그를 쓰레기산으로 돌려보냈어! 그때가 열 살이었으니 지금은 스무 살쯤 되었겠군. 알겠니? 파울샴 사람들이 전부 익사하기 전에, 저것을 쓰레기산으로 돌려보내야 해!"

그때 아래층에서 초인종이 울리고, 누가 현관으로 들어왔다.

"롤링일 거야. 여기서 저것을 발견하면 나까지 처벌받을 거야. 둘 다 숨어라! 그리고 안전해지는 즉시, 너희들은 여기서 나가야 해!" 휘팅 부인은 당황해하며 말했다.

계단이 삐걱거리는 소리와 함께 크고 거친 노랫소리가 울려 퍼졌다.

나는 체질을 하네! 쓰레기를 나눈다네!
쓰레기산 저 너머에서
나는 체질을 하네! 쓰레기를 나눈다네!
자, 모두 나와 내가 찾을 걸 보시구려!

나는 체질을 하네! 쓰레기를 나눈다네!
그대들을 위해 많은 것들을 찾았다네.
나는 체질을 하네! 쓰레기를 나눈다네!
자, 지금 와서 나를 보시구려!

"롤링이야, 그가 오고 있어. 우리 모두 체포될 거야!"

"휘팅 부인, 제발, 우리를 어디 숨겨주세요."

"저 큰 화덕에 각각 하나씩 들어가. 그리고 문을 꽉 닫아라. 어서 서둘러."

화덕은 베네딕트도 웅크리면 들어갈 수 있을 만큼 컸다. 내 바로 옆 화덕 안에서 떨고 있는 그를 느낄 수 있었다. 화덕에는 요리사가 내부를 볼 수 있는 작은 여닫이 창문이 달려 있어서 나는 그 틈으로 밖의 동향을 살폈다.

문 두드리는 소리가 나고 롤링이 들어왔다. 그는 쥐색 작업복을 입고, 희고 둥근 얼굴에 대머리 남자인데, 마치 사고를 당한 듯 머리가 약간 비뚤어져 있었다.

"하이튼의 방에 누가 있는 것 같던데요? 나 몰래 또 누구를 슬그머니 들인 거죠? 이 집 주변에 온통 쓰레기가 널려 있어요. 집 안에 들어오려면 길을 뚫어야 할 정도라고요."

"오, 쓰레기 더미가 나를 찾았나 봐." 베네딕트가 속삭였다.

"휘팅 부인, 당신도 알다시피, 회합은 불법이에요. 쓰레기가 모여서 더 커지기 전에 해체해야 한다고요. 당국의 규정은 명확해요. '사람들과 사물들은 절대 모이지 않는다!' 그리고 부인도 어서 임차인 서류를 보여주시오."

"롤링 씨, 우리 사이에 정말 서류 확인이 필요한가요?"

"이봐, 늙은이, 그게 규정이니까. 합법적인 주민인지 알려면 서류를 내놓으시오."

롤링은 휘팅 부인에게 가다가 갑자기 멈추었다. 그의 부츠에서 떨어져 나온 작은 흙덩이, 종잇조각, 작은 유리 파편들이 서서히 베네딕트가 숨은 화덕을 향해 움직이고 있었다.

"이게 뭐야?" 그리고 그가 고함을 쳤다. "악당이다! 집을 수색해라!"

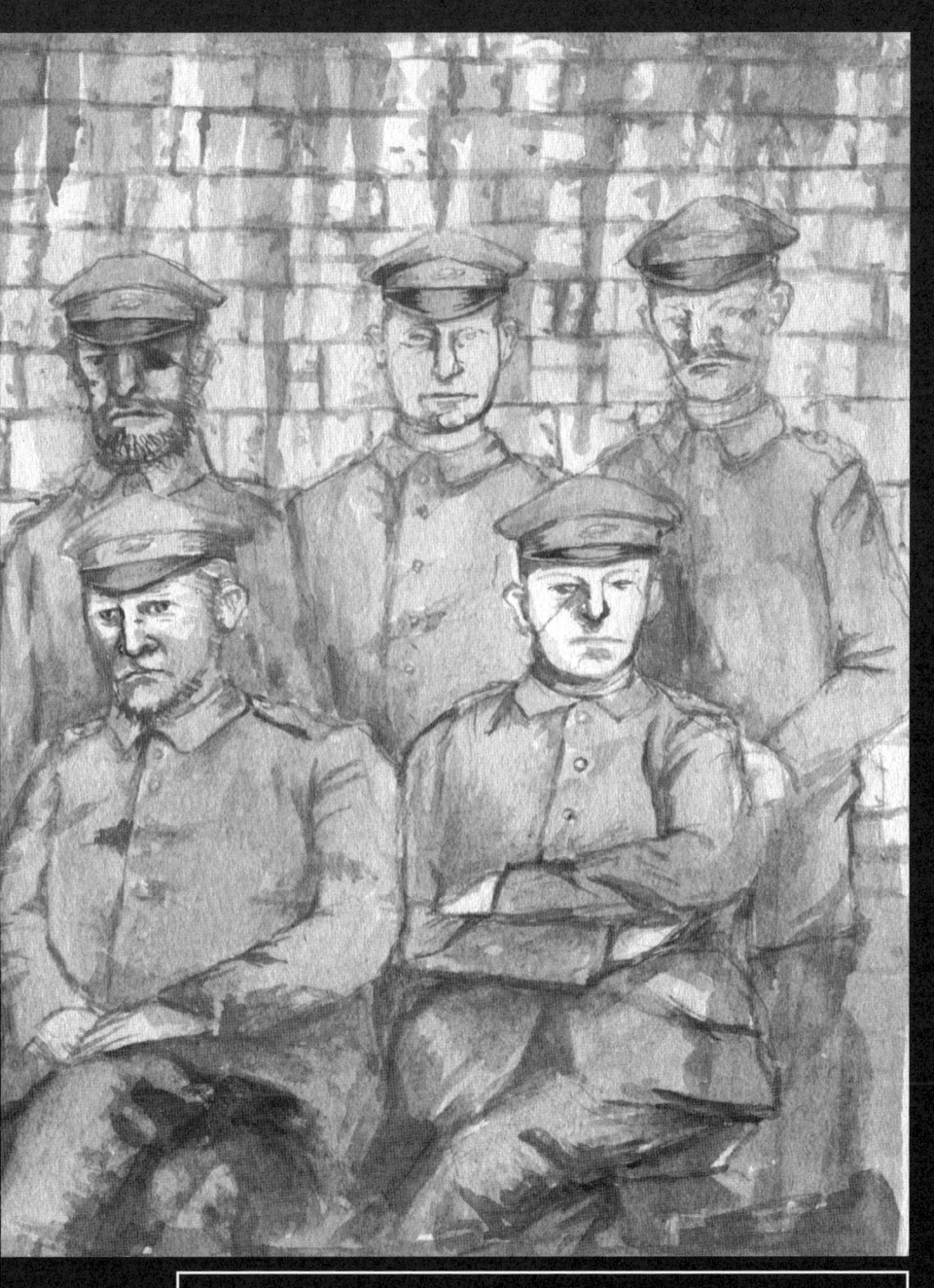

쓰레기 성벽의 경찰관들

제16장
성벽은 버틸 수 없다.

쓰레기 성벽의 공정일지

1876년 1월 26일 오전 7시

쓰레기 더미가 갈수록 높이 쌓인다. 수위가 상승하고, 벽에는 누수 현상이 발견된다. 강풍이 성벽을 향해 불어오고 쓰레기 수위가 높아지고 있다. 그 밖의 특이 사항은 없다. 이런 추세가 계속된다면 (그럴 가능성은 높지 않지만) 파울샴 지역에 홍수가 범람할 수 있다. 아직 경고 사이렌은 울리지 않았으나 경계 태세를 준비하는 것이 현명하다.

오전 10시

성벽에 균열이 발생했다. 물론 벽이 붕괴하지 않겠지만, 육안으로도 균열이 확인된다. 확실히 상황이 좋지 않다. 우리는 대책 수립에 앞서 균열 지점을 분필로 표시하고, 30분마다 눈금 간격이 늘어났는지를 확인한다. 균열이 계속 커져 새끼손가락 하나 들어갈 정도다.

쓰레기 더미의 수위가 위험 수준이나, 어쨌든 현재 성벽은 잘 버티고 있다. 하늘이 고요한데, 왜 이렇게 쓰레기 더미가 날뛰는 걸까?

오전 11시

성벽에서 가장 가까운 주택들과 거리부터 주민을 소개해야 한다. 하지만 총책임자 철스 이레몽거는 이 권고를 절대 받아들일 생각이 없다. 그는 어떤 일이 있어도 제 위치를 지키라고 명령한다. 저 멀리 흔들리는 쓰레기산 사이로 버려진 저택처럼 황량한 힙 하우스가 보인다.

균열은 주먹 하나가 들어갈 정도이고, 심지어 성벽 아래에 매립된 파이프 배관까지 노출되어 있다. 내가 아이 때 설치된 이후로 이토록 심한 균열은 처음이다.

쥐! 곳곳에서 모여든 쥐들이 성벽 틈새를 비집고 빠져나가고 성벽 꼭대기를 넘어간다. 여태껏 본 적 없는 광경이다. 파울샵을 내려다보니, 마을 진입로가 벌써 도망치는 쥐 떼로 가득 차 시커먼 강처럼 보인다. 쥐들의 행렬은 벌써 30분째다. 도대체 언제 멈출 것인가?

그리고 쓰레기산의 수위는 계속 상승 중이다.

오후 12시

한 대원의 보고에 따르면, 성벽의 갈라진 틈새를 측정하던 호킨스가 낙석에 맞아 즉사했다고 한다. 우리는 힘껏 성벽을 지탱하려 하지만, 옥타비암 이레몽거의 성벽이 오늘을 버틸 수 있을지를 확신할 수 없다. 철스 총책임자는 곧 균열이 멈추고 사태가 진정될 것이라고 주장하는데, 정작 그는 현장을 이탈했다.

내가 처벌받는 한이 있더라도, 지금 경보 사이렌을 울려야 한다.

부하들은 성벽에서 철수해서 고지대로 이동해야 한다. 쓰레기 처리 작업을 하는 주민들이 행방불명이지만 그들을 수색할 시간이 없다.

저 멀리 보이는 힙 하우스가 천천히 붕괴하고 있다.

아, 정말 믿기지 않는 광경이다!

쓰레기산의 수위는 계속 상승 중이다.

파울샴이 잠길 것 같다.

오, 제발, 하나님의 가호가 있기를!

톰 골드스미스, 베일리 부인, 벤틀리 오포드, 헬렌

제17장

나의 유산

클로드 이레몽거의 이야기는 계속된다

재단사의 방

망각의 장소처럼 흙먼지가 뽀얗게 쌓여 있는 방이었다. 이곳에서 재단사 알렉산더 에르크만이 5년이나 숨어 있었다니… 그의 속삭임이 귓가에 들리는 것 같았다.

"클로드 이레몽거, 그들을 막아야 해. 네가 해야 해."

"난 그냥 클로드야. 그럴 그릇이 아냐."

나는 텅 빈 방을 향해 속삭였다.

하지만 재단사는 결국 편지 칼이 되었고, 이 누추한 방은 이제 죽은 장소와 다를 바 없다. 나는 바깥세상을 보고 싶어서 창가로 가서 더러운 커튼을 젖혔다. 손바닥만 한 천 조각으로 창에 쌓인 검댕을 닦자, 저 건너편에 회색 연기를 내뿜고 있는 거대한 공장, 베이리프 하우스가 보였다. 우리 가족이 사는 곳, 그런데 그곳에는 우리 가족만 있는 게 아니었다.

"제임스 헨리! 나의 마개!"

앞으로 어떻게 상황이 흘러갈까? 제임스 헨리는 무사할까? 내가 다시 열병에 굴복할 때까지 얼마 남았을까? 앞으로 무엇을 해야 하지? 내가 할아버지를 막을 수 있을까? 확실한 것은 내가 베이리프 하우스에 몰래 잠입해 그들이 무엇을 하는지 똑똑히 봐야 한다. 할아버지와 가족들을 염탐하고 설득해야 한다. 하지만 그들이 내 말을 들으려 할까? 예전에도 내 말을 무시했던 그들이 인제 와서 바뀔까? 하지만 무엇보다 내가 변했다. 내가 그들에게 그릇된 일들은 중단하라고 말할 것이다.

"그래, 난 클로드야. 루시가 옆에 있다면 이 전투를 더 잘 해냈을 텐데."

저 깊은 곳, 먼지가 이는 귀퉁이에서 거미줄과 흙먼지를 뚫고 다른 목소리가 들렸다.

'누가 새로 온 모양인데?'

'누가 쟤를 불렀어?'

금이 간 그림 액자에 말을 건 것은 낡은 부서진 등나무 의자였다. 어둠 속에서 정체를 알 수 없는 사물들이 계속 중얼거렸다.

'오, 상당히 빛나는데? 저 생명력을 봐.'

'우리를 도와줘요. 나는 벤틀리 오포드라는 사람인데, 지금은 늙은 풀무라오.'

'아기 요람이 되기 전에 난 헬렌이었어."

"아, 안녕하세요. 뵙게 되어 반갑습니다." 내가 말했다.

'오, 아주 멋진데? 좋은 집안 출신인가 봐.' 풀무가 말했다.

"사실 제 혈통이 좋지는 않아요. 어쨌든 여러분과 함께해서 기쁘군요." 내가 말했다.

'우리처럼 오래되고 부서진 것들과 친절하게 대화하는 걸 보니 훌륭한 가문의 자손이겠지. 네 이름은 뭐니?'

"클로드! 클로드 전사!" 나는 자포자기의 심정으로 대답했다.

'전사 클로드? 나는 오포드 가문 사람이야.' 풀무가 자긍심에 차서 말했다. '그런데 늙으신 아버지가 쓰레기산에서 실종되셨지.'

"정말 유감이군요. 힙 하우스의 다락방에서 자주 내다봤는데, 쓰레기산은 정말 위험하죠."

'힙 하우스? 힙 하우스라고 말했니?'

"그래요, 그곳에서 제가 태어났어요."

'설마, 이레몽거는 아니겠지? 이레몽거라고 주장하는 힙 플라스크를 아는데, 정말 건방지거든. 설마 그런 부류는 아니겠지?'

"아쉽지만 저는 이레몽거입니다."

'하지만 네 말투는 그와는 완전히 달라.'

"그렇게 말해줘서 감사합니다. 괜찮다면, 가까이 와볼래요?"

그러자 다락방 귀퉁이에서 부서진 조각들이 무리를 지어 내 옆에 다가앉았다. 그렇게 우리는 잠시 나란히 앉아 마음을 터놓고 얘기를 나누었다. 조금 후 집 어딘가에서 시끄러운 소리가 들렸다. 하긴, 저 아래층에도 사람들이 살고 있겠지? 어떤 남자가 노래하는 소리가 다락방까지 들려왔다.

나는 체질을 하네! 쓰레기를 나눈다네!

그대들을 위해 많은 것들을 찾았다네.
나는 체질을 하네! 쓰레기를 나눈다네!
자, 지금 와서 나를 보시구려!

그 남자의 노랫소리에 내 곁에 있던 사물들이 크게 동요하더니, 거미줄로 몸을 감싸고 구석진 곳으로 물러났다.
"돌아와. 제발 돌아와."
하지만 그들은 두려움에 떨며 어둠 속으로 숨었다.

휘팅 부인과 세상을 떠난 세 명의 남편들

제18장
화덕에 갇히다

루시 페넌트의 이야기는 계속된다

화덕 안에 숨어 나는 사태가 잠잠해지기를 간절히 빌었다. 그러나 롤링의 신발에서 떨어진 쓰레기 조각들이 부엌 바닥을 가로지르고 화덕 입구에 자석처럼 찰싹 달라붙었다.

"무슨 짓을 한 거요? 이 늙은이야. 면허증 없이 임대사업을 하면 규정 위반이야. 그리고 여기 이 물건들은 뭐지? 내가 압수해야겠군. 이봐, 거기서 떨어져."

그가 쿡쿡 찔러봤지만, 쓰레기들은 화덕에서 떨어질 기색이 없었다.

"어라, 이건 너무 부자연스러운데? 화덕에 뭐가 있나, 휘팅 부인?"

"이봐요, 롤링, 내가 아파트에 수상한 자를 숨겼다고 의심하나요?"

"그냥 화덕이 얼마나 큰지 물어본 거요."

"정말 충격적이고 실망했어요. 또 두통이 시작됐어. 나를 괴롭

히지 말아요."

"내게도 두통거리가 있어. 바로 '레오노라 휘팅'이지. 자, 화덕 안에 누가 있나 볼까?" 그는 화덕 빗장을 젖혔다.

"비나디트! 비나디트! 비나디트!" 베네딕트가 비명을 질렀다.

"넌 이름이 뭐냐? 이리 나와. 지금 당장!" 롤링이 호통쳤다.

"도와줘! 살인이야! 웬 근육질 사내가 내 집에 있어요."

휘팅 부인이 모르는 일인 척 시치미를 뗐다.

"화덕에 끼어서 나갈 수가 없어." 불쌍한 베네딕트가 말했다.

"서류!" 롤링이 서류를 가로채며 말했다. "내가 압수하겠다. 이 집에 있는 모든 서류, 저 화덕 안에 숨긴 서류도. 그리고 너, 화덕 안에 있는 덩치! 내가 끌어내 주지. 넌 끝장이야."

롤링은 고래고래 소리치며 미친 듯이 초인종을 눌러댔다. 그러자 휘팅 부인은 초인종은 자기 남편이라며 목청을 높였고, 베네딕트는 '루시 페넌트!'만을 외쳤다. 나는 밖으로 나가고자 발을 굴렀지만 화덕 덮개가 꼼짝하지 않았다. 나도 모르는 새 휘팅 부인이 빗장을 걸어놓았기 때문이었다. 베네딕트는 덩치 큰 아이와 다를 바 없어서 내가 도와줘야 한다. 롤링은 자동 기계인 마냥 미친 듯 초인종을 울리며 고함쳤다. 드디어 곤봉과 창으로 무장한 경찰들이 아수라장이 된 집에 들이닥쳤다.

♠

한 경찰관이 롤링을 보자마자 소리쳤다.

"왠 소란이지? 지원 요청에 그럴듯한 이유가 있어야 할 거야. 움비트님을 성가시게 하다니."

"움비트님이라고! 설마 제가 그분을 방해한 건 아니겠죠?"

롤링이 겁에 질려 소리쳤다.

"그래, 바로 그 움비트님이 오셨는데, 네가 저 금속 초인종으로 소란을 피웠어."

"아, 움비트, 나의 창조주!" 롤링이 무의식적으로 덧붙였다.

"불쌍한 휘팅, 내가 사랑하는 휘팅!" 미망인이 울부짖고 있었다.

"저건 또 뭐야?"

또 다른 경찰관이 베네딕트를 가리키며 물었다.

"그게 제가 호출한 이유예요. 제 생각에, 저것은 엄청나게 큰 해충입니다. 거대하고 불쾌한 것이죠." 롤링이 말했다.

"이런 동네에서는 별로 특이한 것도 아닐 텐데? 이봐, 당신 이름은?"

"비나디트."

"비나디트? 비나디트라고 말했나?"

"아니야, 아니야. 나는… 베네딕트 팁."

불쌍한 베네딕트가 우물거렸다.

"무슨 일로 여기 왔습니까, 팁 씨?" 한 경관이 물었다.

나는 문을 발로 찼지만, 베네딕트가 화덕 앞을 가로막고 서 있었다.

"나는 팁 씨라고 해요. 여기 집이나 숙소는 없고 파울샴에 처음 왔어요."

"그런 것 같군. 그러니까 자의에 의해 여기 온 거죠?"

"나는 쉼터와 빛을 찾아왔어요. 내가 아주 좋아하는 빨간 친구를 위해서요. 음, 그러니까 내게 따뜻한 친구요."

"그러면 여기 오기 전에는 어디 있었소?"

"길을 잃고 어둠 속에 있었어요. 더미! 더미!"

"쓰레기 더미? 쓰레기산?"

나는 문을 발로 힘껏 찼다. 그러자 베네딕트가 말했다.

"내가 소란의 원인이니까, 내가 가면 조용해질 거야. 누가 안전하게 남아서 나중에 다른 사람을 돕는 게 더 좋아. 두 사람이 함께 익사해선 안 돼."

"도대체 무슨 소리야? 도통 이해가 안 되는군."

경찰관이 투덜거렸다.

"저 화덕한테 가만히 있으라고 말하고 있어요. 나를 보살펴 줘서 행복했어. 내가 떠나면, 쓰레기 더미들도 조용히 나를 따라올 거야."

그렇게 베네딕트는 떠났다. 나는 더 이상 화덕을 발로 차거나 소리치지 않았다. 그래, 난 군대를 모을 거야. 반드시 그럴 거야. 쓰레기 더미가 한두 개씩, 그리고 점점 더 많이 합류하며 그를 따라 이동하기 시작했다.

경찰관들은 드디어 상황을 이해하기 시작했다.

"맙소사! 저 물건들이 쫓아가는 걸 봤어?"

"이런! 그때 그 아기야. 그 아기가 쓰레기산에서 나왔어."

"아, 난 그냥 괴담인 줄 알았는데, 멍청이들을 겁주기 위한 이야기…"

"빨리 잡아 가둬야 해! 자, 어서 벽이 무너지기 전에!"

모두 그를 쫓아갔다. 하숙집 계단이 쿵쿵거리는 소리, 사람들의 외침과 울부짖음. 분명히 베네딕트는 충분히 도망칠 기회가 있을 것이다.

휘팅 부인은 안락의자에 앉아 숨을 헐떡이고 있었다.

"휘팅 부인, 저를 내보내 주세요. 이제 안전한 것 같아요."

내가 속삭였다.

"아, 내 심장! 내 내장과 근육도 이미 늙었어."

하지만 그녀는 화덕 빗장을 열기는커녕 무릎 위에 올려놓은 초인종을 쓰다듬고 있었다.

"저를 내보내 줄래요? 부탁해요, 휘팅 부인."

"내가? 오, 루시, 사랑하는 루시, 난 못할 것 같아."

"제가 나가야 해요, 불쌍한 베네딕트를 도와야 해요!"

"아니, 너는 곧 사물로 바뀔 거야. 네 얼굴을 보자마자 알았어. 단 한 번도 예감이 틀린 적 없거든."

"돈을 드릴게요. 아니 저보다 더 좋은 것을 찾아드릴게요."

"정말 미안해, 루시. 하지만 넌 내 것이야. 보이니? 저 선반 위에 올려 둘 거야. 너를 잘 닦아주고 먼지를 털어주고 사랑해 줄게. 약속하마."

♠

나는 어둠 속에 웅크리고 앉아 이따금 화덕 문틈을 통해 휘팅 부인을 바라보았다. 그녀는 수집품들을 정리하며 새로운 회원을 위한 자리를 준비하고 있었다. 그때 통증이 느껴졌다. 내장이 꽉 조이고 오그라들고 역겨운 느낌? 단지 화덕 안에서 너무 버둥댄 탓일지도 모른다. 이 공허한 갈망은 너무 배고파서 그럴 수도 있다. 만약 아니라면? 사물로 바뀔 때의 그 고통? 루시, 절대 안 돼. 베네딕트가 나를 필요할 때, 단추가 된다니…

깜박 잠이 들었을까? 꿈속에서 갑자기 그녀가 나타났다. 성냥상자인 여자, 어찌 된 영문인지 그녀가 가까이에 있었다. 나의 냄새를 맡고 나를 느끼고 내가 어디 있는지 알고 있었다.

"나야, 나! 내가 간다!" 그녀가 속삭였다.

꿈속에서 그녀에게서 벗어나려고 버둥댔지만, 갑자기 연기와 불꽃이 자욱했고, 숨이 막혔다. 내가 빙글빙글 돌면서 달그락거리는 것을 느꼈고, 점점 더 작아졌다. 그리고 자신이 살기 위해 내 생명을 빼앗으려는 그녀의 얼굴을 보았다. 그런데 갑자기 회색 방에 클로드가 나타났고, 그녀는 몹시 겁에 질려 자취를 감췄다. 꺼진 불꽃, 사라진 연기.

눈을 떴다.

여전히 나는 어두운 화덕에 갇혀 있었고, 휘팅 부인이 불쏘시개를 들고 바지런을 떨고 있었다.

"가엾어라. 네가 마구 움직이며 회전하고 소란 피우더구나. 물론 너는 아직 뜨거울 테지. 잠시 열이 식을 때까지 기다려야겠구나."

그때 노크 소리가 났다.

"이런, 지금은 바빠요." 그리고 그녀는 화덕의 빗장을 풀며 내게 속삭였다. "지금은 우리 둘만의 시간이야. 다른 사람이 끼어들면 안 되겠지? 일단 열부터 식히자."

나는 그 늙은 박쥐를 쓰러뜨릴 각오를 하고 화덕 문을 세차게 차고 나갈 준비를 했다. 그러나 문이 열리고 이레몽거 경찰들이 들어왔다. 기다려, 루시. 아직은 아니야.

"어머, 안녕하세요? 경찰들이신지 미처 몰랐네요. 저는 그저 늙은 노인에 불과한데, 뭐 도와드릴 일이라도?"

"이 건물이 우리 베이리프 하우스 앞에 있소."

"네, 다들 우리 건물이 위치와 전망 모두 훌륭하다고 하죠."

"쓰레기 더미가 이동 중이라서 마을이 잠길 수 있어. 그런데 당신 건물이 우리 건물과 아주 가깝더군."

"당신들이 그 아이를 쓰레기산에 돌려놓으면, 금세 상황이 진정되겠죠. 물론 그런 능력이 있으시겠죠(얼마나 멋진 근육인가요!). 저는 그저 늙은 여인이고 세 번이나 과부가 되었죠. 귀중품이나 유품도 없이 작은 건물 한 채뿐인데, 그나마 자산가치는 없고 정서적인 가치뿐이죠."

"어쨌든 쓰레기산이 아우성쳐서 성벽이 위험하오. 이레몽거 가족들은 이제 베이리프 하우스에 와서 머물 거야."

"아, 그래요?"

"그리고 하인들은 여기 하숙집으로 올 거야."

"파울샴에? 이 집에? 하지만 방이 부족해요."

"방은 많잖아."

"하지만 이미 돈을 내고 있는 손님들은 어쩌고요?"

"그들은 다른 숙소를 찾아야지."

"그럼 나는 어쩌죠?"

"당신도 떠나야지."

"떠나라고? 여긴 내 집이야! 어떻게 내 물건들을 두고 떠날 수 있어? 말도 안 돼!"

휘팅 부인의 비명이 들려왔다. 끔찍하게 다친 짐승의 비명, 영혼의 외침.

"한때 당신의 집이었지만, 지금은 징발 대상일 뿐이지. 소지품만 챙겨 떠나시오. 나머지는 옛 역사가 되는 거지."

"안 돼! 난 못해! 우리 집! 내 물건들! 다 내 것이야!"

휘팅 부인은 경찰들에게 번쩍 들려 끌려갈 때까지 아우성쳤다. 불쌍해질 정도였다. 그런데 새로운 거주자가 당당히 들어왔고, 나는 모든 희망이 물거품처럼 사라짐을 느꼈다. 아, 익숙한 모습. 코르셋을 입은 여인이 아주 날카로운 외모에 닳을 대로 닳은 치아를 히죽 드러내며 웃고 있다. 이레몽거의 가정부, 피그고트 부인!

"여기가 내 숙소야?"

"네, 피그고트 부인. 힙 하우스가 안전하다고 선포될 때까지는요."

"이 못생긴 것들부터 치워야지. 창문 밖으로 던져버려. 이레몽거!"

그녀가 부르자, 심부름하는 하녀들이 달려왔다. 그들의 제복이 익숙했다. 예전에 내가 입었던 옷이 아닌가?

"나는 이 집을 완전히 개조할 거야. 그러니 쓰레기들은 전부 말끔히 치워!"

"네, 피그고트 부인."

하녀들은 휘팅 부인의 소중한 컬렉션을 창문 밖으로 내던지기 시작했다. 소동 가운데 수프 냄비와 양초 가위도 버려졌지만, 나는 막을 힘이 없었다. 창문 너머로 쓰레기산이 부글거리며 무너지는 소리가 들려왔다. 대부분의 하녀는 똑똑히 기억난다. 나는 그들과 한 기숙사에서 잠자고 내 이야기를 들려주었지만, 그들은 단지 이레몽거라는 이름뿐이다. 그런데 내가 이름을 아는 유일한 사람, 저 빨간 머리의 괴물 메리 스태그스도 함께 있었다. 더구나 아주 열정적으로 물건들을 내던지고 있었다.

"잠깐만! 그 초인종은 놔둬."

피그고트가 하녀를 불러 세우더니, 휘팅 씨를 가리키며 말했다. 그리고 그녀가 앙상한 손목으로 휘팅 씨를 휘두르자, 집 곳곳에서 일하던 하녀들이 한꺼번에 집합했다.

"내 말 똑똑히 들어! 지금 옴마발 올리프 마님이 대리석 벽난로를 싣고 베이리프 하우스행 기차를 타셨어. 그분은 여태껏 힙 하우스 밖에, 아니 거실 밖에 단 한 발짝도 나가신 적이 없어. 우리는 최대한 안락한 서비스를 제공해 그분의 고통을 덜어드려야 해. 자, 기차역에서 올리프 마님을 완벽하게 모시자! 알았나, 이레몽거?"

"네, 피그고트 부인!"

우렁찬 합창 소리에 샹들리에가 흔들렸다. 그리고 각자 분주히 움직였다. 피그고트 부인은 작은 유리잔에 얼굴을 비춰보며 화장을 점검하고 코르셋을 정돈한 뒤 건물을 떠났다.

이런 기회는 다시 없을 거야. 이레몽거들에게 발각되기 전에, 최대한 빨리 여기를 떠나야 해. 이 집은 그야말로 죽음의 덫이다. 화덕이 열리며 삐걱 소리가 났지만 아무도 오지 않았다. 나는 문으로 다가가 열쇠 구멍을 들여다보았다. 계단에서 계속 인기척이 느껴졌다. 스터리지의 부하들도 와 있는 걸까? 좀 더 기다려. 일을 망치면 안 돼. 천천히 움직이자.

아무것도 없어? 확실해? 다들 밖으로 나간 게 분명해.

그래서 나는 살며시 문을 열고 계단 복도로 나갔다. 갑자기 아래층에서 짐꾼 롤링을 앞세우고 스터리지와 레더맨들이 아래층에서 올라오고 있었다. 나갈 때를 놓친 나는 계속 계단을 올라가 드디어 위층 다락방까지 올라갔다. 다행히 문은 잠겨 있지 않았다. 뻑뻑한 문을 힘차게 밀었더니, 어디서인가 물건들이 우당탕 굴러가는 소리가 들렸다. 칠흑처럼 어두워 아무것도 보이지 않고, 얼굴에 서늘한 냉기가 느껴졌다.

"거기 누구야?"

아무 대답이 없다. 이 섬뜩한 기분은 순전히 착각일까? 아니, 잠깐! 숨소리가 들려. 저기 구석에 섬뜩한 유령이 있어. 까맣게 뚝뚝 흐르는 것. 오, 하느님! 어둠 속에서 누군가 접근해 온다. 차라리 피그고트에게 자비를 비는 게 낫지 않을까?

"나는 전혀 무섭지 않아. 한 방 먹여줄 테니까 이리 와!"

저 괴물에게 순순히 항복하지 않을 테다! 나는 그것을 향해 돌진해 아주 힘차게 두들겼다. 통쾌한 주먹 한 방에 그것은 바닥에 나뒹굴었다. 훌륭해, 루시! 악마를 가루로 만들었어.

그런데 저 구석에 쓰러진 악마가 신음을 내며 내 이름을 부른다.

"루시?"

"에, 뭐라고?"

"루시!"

클로드! 블러디 클로드, 블러디 클로드, 블러디 클로드!

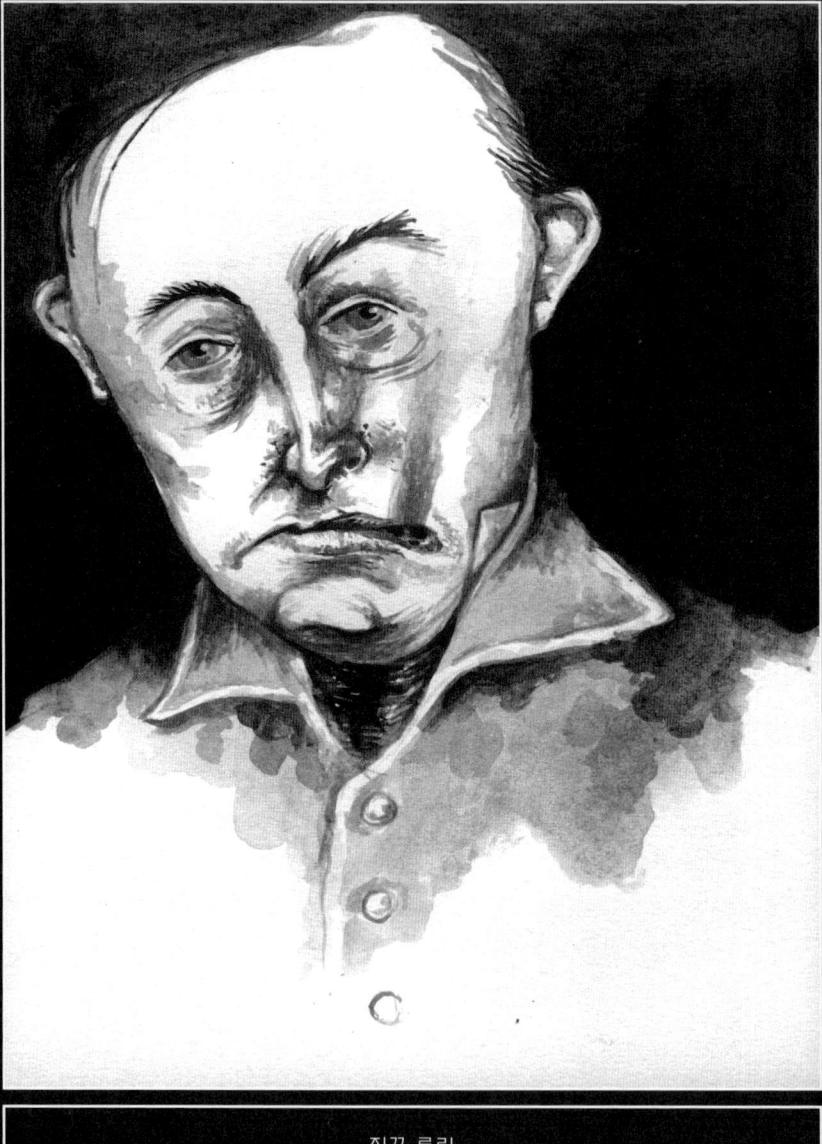
짐꾼 롤링

제19장
나의 빨간 머리 소녀

클로드 아이레몽거의 이야기가 계속된다.

오, 나의 빨간 머리 소녀

그녀가 나에게 한 방 먹였다. 어찌나 세게 때렸던지 얼굴이 달걀처럼 깨지는 줄 알았다.

"클로드? 클로드?"

"아야!"

"클로드, 말 좀 해봐. 당장 무슨 말이라도 해 봐."

"정말 아프군!"

"오, 클로드. 내가 또 때렸네?"

그리고 그녀는 울었다가 웃었다가 하며 내 얼굴에 키스 세례를 퍼부었다. 그녀의 따뜻하고 짭조름한 맛, 절대 잊지 못할 기쁨, 현기증, 그리고 내 안에서 샘솟는 충만함.

"루시? 너를 다시 보게 될 줄이야."

"그동안 나는 점토 단추로 지냈어. 얼마 전에도 다시 바뀔 뻔했지. 에이다 크룩스행크스가 내게 다시 단추가 되라고 명령했거든."

"나도 하프 소버린 금화가 되었어. 너와 헤어진 이후로 내내 말이야."

"우리는 똑같았네. 나는 단추, 너는 금화…. 그러면 네 마개는 어디 있니?"

"제임스 헨리와는 헤어졌어. 그러면 너의 성냥 상자는?"

"어딘가 가까운 곳에 있어. 그건 확실해. 그녀가 나를 찾고 있으니까."

"그러면 우리 둘 다 또 바뀔 수도 있어."

"음, 난 다시는 단추가 되지 않겠어. 그녀가 아무리 분노한대도 말이야."

"빨간 머리, 그리고 이 주근깨들. 정말 루시 페넌트가 맞구나."

"모두 다 나의 것이지!"

"오 루시, 하고 싶은 말이 정말 많아. 이레몽거의 끔찍한 사업… 저 창밖 커튼 너머로 보이는 베이리프 하우스에서 벌어지는 음모들…"

나는 그녀에게 모든 얘기를 들려주었다. 파울샵의 재단사와 베이리프 하우스에서 벌어지는 사업들, 특히 어린아이들의 숨결과 희생에 관해서.

"그건 괴물 같은 짓이야! 이레몽거를 용서할 수 없어!"

"하지만 나는 이레몽거이고, 영원히 이레몽거이겠지."

"클로드 이레몽거, 네 가족을 용서할 수 없지만, 너는 달라. 나는 너에 속해 있고 네 곁을 지키겠다고 약속했어."

"루시, 나는 이 모든 상황을 멈출 거야."

"나 없이는 안돼. 너 혼자 가게 두진 않을래."

"오, 루시. 여기까지 어떤 고난을 겪었을지. 언제 사람으로 돌아온 거야? 어떻게 해냈어?"

그래서 그녀는 다락방에 들어와 나를 발견할 때까지 있었던 일을 전부 말해줬다. 그리고 그 이야기에는 끔찍한 내용이 있었다. 그것 때문에 내 마음이 쓰라렸다.

"베네딕트에게 키스했다고?"

"글쎄, 정확히는 그가 키스했고, 난 그냥 거기 있었어."

"그렇지만 그를 밀치진 않았구나."

"음, 그러진 않았어."

"오."

나는 더 이상 아무 말도 하고 싶지 않았다. 내 심장이 시들고 오그라들고 단단해지는 것 같았다.

"이리 와, 클로드. 그건 아무 의미도 없었어."

"그를 사랑하니? 그렇다면 방해하지 않을게."

"오, 클로드! 난 그냥 너에게 있는 그대로 말한 것뿐이야."

"난 할 일이 있어서 지금 가야 해." 나는 일어나며 말했다.

"클로드!"

그때 우리 둘 다 말을 멈췄다. 누가 다락방 계단을 천천히 올라오고 있었다. 쉿소리 같은 걸걸한 목소리로 노래를 부르고 있었다.

"나는 체질을 한다네. 쓰레기를 골라내고 있었네! … 거기 누구지?"

그러더니 문이 열렸고 반쯤 켜진 불빛 아래 어두운 형체가 휘청거리며 들어왔다.

"새로 온 하인인가? 네 정체를 밝혀라."

나는 그 남자한테서 내면의 소리를 들으려 했다. 하지만 아무 목소리가 나지 않았다. 아무런 소음도, 소리도, 웅얼댐도 없는, 그저 텅 빈 공허뿐이었다. 다락방의 물건들이 그를 피해 움직이고 있었다. 힙 하우스의 굴뚝 숲에서 나를 쫓아오던 회합과 정반대의 움직임이었다.

"어떤 녀석이든 앞으로 나와. 나, 롤링이 손을 봐주지."

"너는 사람이 아니구나. 그렇지?" 내가 말을 걸었다.

"누가 그래? 난 서류가 있어. 이레몽거 가문의 도장이 찍힌 정식 서류라고."

"서류에 어떤 이름이 적혀 있든, 그것은 거짓이야. 너는 진짜 사람이 아니야."

"나는 진짜야. 내가 증명할 테니까, 어서 나와! 이 해충!"

롤링은 허를 찔린 듯이 상처받고 격분하며 소리쳤다.

"너는 진짜 사람이 아니야. 롤링, 진짜 사람일 리가 없어."

다른 쪽에서 루시가 또박또박 강조하며 따라 말했다. 롤링은 몸을 돌려 루시의 손목을 낚아챘다.

"자, 두 놈 중 하나는 나한테 잡혔어. 안 그래?"

그때 롤링의 양복 단추가 느슨하게 풀린 것을 보고 내가 달려들어 잡아 뜯었다. 그가 발로 차는 바람에 나는 바닥에 쓰러졌다. 나는 깨진 풀무, 오래된 액자 틀과 요람을 향해 도움을 요청했다.

"벤틀리 오포드, 헬렌, 베일리 부인. 내 말을 듣고 있죠? 톰 골드스미스, 제발 저것을 공격해요. 저 녀석은 모든 사물의 생명을 뺏는 자예요."

사물들은 침묵할 뿐, 오로지 루시만 롤링의 손아귀에 잡혀 버둥거릴 뿐이었다.

"내가 그대들에게 명령한다. 지금 공격해라!"

내가 큰 소리로 명령했다.

그러자 사물들이 그의 몸뚱이 위로 빗발치듯 쏟아지며 공격했다. 등의자, 톰 골드스미스가 롤링의 등 뒤에서 말이 차듯 그의 무릎을 꿇렸다. 그리고 낡은 요람은 누구도 막기 힘든 기세로 날아와 그의 머리를 정통으로 내리쳤다. 그리고 앨버트로스가 활강하듯이, 풀무 벤틀리 오포드가 롤링의 배에 내리꽂혀 구멍을 뚫었다. 나머지는 손쉽게 해결되었다. 내가 무작정 달려가 그의 배에 난 구멍을 잡아 뜯었다.

"뭐지? 내게 무슨 짓을 한 거야?"

그는 망연자실해서 중얼거렸다.

나는 커튼을 열어젖혔다. 빛이 환하게 비추자, 다락방 한가운데 무릎 꿇은 롤링과 놀라 뒷걸음치고 있는 루시가 보였다. 그리고 롤링의 셔츠에 난 커다란 구멍에서 조약돌, 사금파리 조각, 모래알, 흙들이 콸콸 쏟아지고 있었다.

"넌 아무도 아니야. 유감이군."

나는 되도록 침착함을 유지하며 말했다. 그동안에도 그의 머리는 자루가 술술 비워지는 것처럼 축 꺼지고 있었다.

"아…아… 나는 몰랐어."

그, 아니 정확히는 그것이 중얼거렸다. 마지막으로 낡은 가죽 자루가 바닥에 쓰러지자, 고약한 냄새와 검은 연기가 흘러나와 다락방 천장까지 자욱해졌다. 사람이 아닌 것이 어떻게 자신을 사람으로 생각했까? 결국 그건 그저 롤링이라 불린 빈 껍질에 불과했다.

"클로드, 방금 우리가 본 게 뭐야?"

"이레몽거가 가죽을 꿰매고 약간의 숨결을 불어 넣은 레더맨이야. 그 안에는 끔찍한 침묵뿐이야."

"클로드, 어떻게 한 거야? 네가 사물들을 움직인 거야?"

"아, 잊고 있었네. 톰과 벤틀리, 베일리 부인과 헬렌, 정말 감사합니다. 이제 다락방을 나가서 새로운 집을 찾아가세요."

풀무는 유리창을 박살 내며 창문 밖으로 뛰쳐나갔고, 몇몇은 계단으로 굴러갔다. 루시는, 굳이 표현하자면, 크게 충격을 받은 듯했다.

"실수하거나 그러진 않겠지? 가죽이 아니라 진짜 사람을 뜯는… 그런 실수 말이야."

"절대 착각할 일은 없어. 레더맨은 너무 조용하거든."

"네가 어떤 능력의 소유자이든, 어쨌든 너는 나의 클로드야. 그리고 불쌍한 베네딕트는 덩치만 크지 아무런 힘도 없어. 그래서 우리가 그를 도와줘야 해."

"루시, 나는 베이리프 하우스로 가야 해. 먼저 할아버지부터 막아야 하니까."

"그럼, 나도 갈래. 어차피 성냥 상자는 이레몽거들이 보관하고 있을 거야. 그녀를 찾을 때, 너의 특별한 청력이 필요해."

"루시, 나는 사람 내부의 목소리를 들을 수 있어. 사람이 사물로 바뀔 때, 사물이 내는 소리가 점점 강해지고 마침내 외침이 되지. 일단 회전 속도가 빨라지면 어느 시점부터 멈출 수 없어. 그렇게 되면 사람은 사물이 되고, 사물은 사람이 되지."

"클로드, 지금 내 안에서도 소리가 들려?"

그녀가 내게 한 발짝 다가오며 물었다.

"아니, 지금은 들리지 않아."

"넌 정말 지독하게 이상한 친구야."

그녀가 더 가까이 다가서며 말했다.

"그 점은 미안해."

"하지만 그건 네 잘못이 아니야."

루시가 팔을 벌렸고, 나도 그녀를 꼭 껴안았다.

"지금도 내 소리가 안 들리니?" 루시가 물었다.

"이젠 들려. 너의 심장 리듬을 타고 '단추'라고 외치고 있어."

하나님이 보우하시는 빅토리아 여왕

제20장
말살 명령

런던 비밀정보국의 포플리칭엄 자치구에 관한
공식적이고 최종적인 선언

런던 웨스트민스터

1876년 1월 26일, 오늘 대영제국 수도 런던의 포플리칭엄 자치구가 국민 보건에 큰 위험을 초래할 수 있음을 만장일치로 선언한다.

이 지역에서 *누출된 유독가스*로 인해 연일 사망자가 발생하고 있으며, 오물이 쌓이는 속도가 매우 빨라 런던의 존립 자체가 위태롭다고 보고되었다. 포플리칭엄에 인접한 람베스구(區)의 주택단지에서는 부패하고 경직된 노인 변사체 212구가 발견됐다. 런던 전역에서 *유아 구루병* 발병 건수가 현저히 증가하고, *진폐증* 진단 건수도 역시 증가 추세를 보인다. (흔히 청색병으로 알려진) *감염 비브리오 콜레라*는 조셉 윌리엄 바잘제트[10]의 헌신 덕분에 일시적 소강 국면으로 접어들었으나, 최근에 다시 증가세로 돌아섰다. 풍속이 거세지면서 매일 포플리칭엄의 오염물질이 급격히 유입

● 10 조셉 윌리엄 바잘제트(Joseph William Bazazette)는 1860년대에 런던의 하수도망을 설계한 영국의 도시공학자다.

되어 하이게이트부터 쇼디치에 이르는 런던 전역에서 달콤한 악취가 진동하고 있다. 중금속으로 오염된 더러운 대기가 주민들의 기대수명을 크게 단축시킬 우려가 있다. 또한 현장보고서에 따르면, 코벤트 가든 시장에 배달된 우유가 포를리칭엄의 역겨운 악취에 노출된 지 30분 만에 부패했다고 전해졌다

이에 따라, 위생부 고위 관리들은 격렬한 난상토론 끝에 다음과 같이 권고한다. 먼저 그간 『폐기물 처리 양해각서』에 따라 포를리칭엄에 사는 이레몽거 가문에게 부여되었던 런던 폐기물 일체를 수거하는 권리를 *영구적*으로 *무효화*하고 관련 면허증을 즉각 회수한다. 또한, 이레몽거 가문은 더 이상 런던 추방령의 예외 규정을 충족하지 않다는 사실을 명확히 한다. 아울러 포를리칭엄은 *오염, 악행, 살인*이 만연하는, 아주 끔찍하고 위험한 구역이므로 전면적인 출입 통제 또는 런던으로부터 분할될 필요성이 절실하다. 따라서 이 유해하고 유독한 지역이 완전히 정화되거나 순화할 가능성이 없다고 판단됨에 따라 포를리칭엄을 향후 런던에서 완전히 제거하고 파괴하고 철거하고 말소하기로 한다. 이러한 조치가 시행될 경우, 포를리칭엄 주민들의 인명 손실은 불가피할 것으로 예상되나, 이는 런던 도심의 자치권 유지를 위한 필수 조치로 판단된다.

오늘 우리는 엄숙하게 다음과 같은 협약에 동의하고 서명한다. 즉 모든 세균이 완전히 박멸될 때까지 포를리칭엄은 ***가장 신속하고 철저하고 절대적이며 잔혹한 방식으로 전소***시켜야 한다.

향후 조속하고 원활한 법안 통과에 앞서 상기 조치들은 아주 적

절한 속도와 부단한 노력으로 끝까지 완료한다.

  신의 가호를 받는 그레이트브리튼 아일랜드 연합왕국의 여왕이며 신앙의 수호자이자 인도의 여제이신 빅토리아 여왕의 거룩한 이름으로 이를 선포하고 시행한다.

파울샴의 주민들

제21장

성문을 향해

루시 페넌트의 이야기는 계속된다

롤링의 봉제 솔기가 뜯어져서 다락방 바닥에 쓰러지고 난 후부터, 나는 그들을 레더맨이라고 부르기로 했다(사실 그것들이라고 불러야 할 것이다). 클로드가 말한 대로라면, 파울샴 전역에 있는 레더맨은 수백 명이 넘는다고 한다. 진짜 사람처럼 보였던 롤링을 떠올려보면, 레더맨의 숫자는 감히 짐작하기 어렵다. 아주 오랜 친구가 사실 톱밥을 채운 레더맨일 수 있고, 때로 진짜 사람인데 불친절하고 냉담하다는 이유로 레더맨으로 오해받을 수도 있다.

   클로드는 또 어떤가? 그는 사물이 스스로 움직이도록 조종하는 능력이 있지만, 정작 그는 예전보다 더 창백하고, 자신이 짊어진 삶의 무게에 힘겨워한다. 촌스러운 가르마를 탄 머리, 걱정이 가득한 눈망울, 종이처럼 하얀 피부. 아, 그 창백한 피부에 입맞춤해 주고 싶다.

   왜 하필 그일까? 그러나 어떤 모습일지라도, 클로드는 모든 것에 맞서 싸우는 용감한 소년이다. 그에게는 결코 굴하지 않는 강

인함이 엿보인다.

"롤링은 자신의 정체를 몰랐을 거야. 할아버지가 수백 명이 넘는 레더맨들을 만들었으니까, 사실 우리 주위에도 있을 거야."

"움비트는 무엇을 바라는 거야? 자기만의 장난감?"

"재단사의 말로는, 할아버지는 거대한 군대로 런던을 점령하려고 한대."

군대. 또 그 말이다. 내게 편두통을 불러일으키는 말.

"나도 우리만의 군대를 만들 거야. 그동안 우리는 다락방의 그늘에 숨어 살았어. 불의를 묵인하고 굶주림 속에서 아이들을 팔았지. 더는 참지 않겠어. 우리만의 군대를 결성해서 행진할 거야. 만약 우리가 오뚜기처럼 계속 일어선다면? 모두 함께 '아니오', '싫어'를 외친다면? 움비트와 이레몽거들은 끝장날 수밖에 없어. 왜? 우리의 숫자가 훨씬 많으니까. 반드시 우리의 힘을 보여줄 거야!"

마치 연설대에 선 듯 열심히 외쳤지만, 사실 다락방에는 나와 클로드 둘밖에 없었다.

"그래, 루시, 나도 동의해. 솔직히 내가 금화였을 때, 다른 사람의 뜻에 따라 움직여야 했을 때, 나는 정말 두려웠어. 하지만 지금은 나 자신으로 돌아왔고, 할아버지의 진실도 알았어. 그분을 막기 위해서라면 무엇이든 할 거야."

"그러다가 우리가 죽는다고 해도?"

"그래, 루시, 우리가 죽는다 하더라도! 할아버지를 찾고, 그분의 수호물인 잭 파이크를 손에 넣고, 아, 어쩌면 파괴해야 할지도 모르지. 어쨌든 그분의 계획을 멈춰야 해. 내게 사물들을 소환할 능력이 있다면…. 아무튼 내가 가야 해."

"클로드? 네가 그런 일을 하려고?"

"나는 이레몽거이니까, 그들이 성문 안에 들여보낼 거야. 일단 내가 먼저 들어간 다음, 넌 친구들과 함께 나를 도와주러 오면 돼."

나는 아무 말도 할 수 없었다. 입을 열면 울음이 터질 것 같았다. 아니, 앞으로 눈물 흘릴 시간은 충분해. 클로드, 네가 떠난 후, 그때 울게.

♠

다들 베이리프 하우스로 떠났는지 계단에는 아무도 없었다. 기차가 도착하는 소리가 들렸다. 창밖을 내다보니, 이레몽거들이 기차역 앞에 연단을 설치하고 개미처럼 분주히 돌아다니고 있었다.

계단을 살금살금 내려갔을 때, 어디선가 통곡하는 듯한 사이렌 소리가 들렸다. 그 사이렌은 쓰레기 성벽이 위험하다는, 대홍수를 알리는 경보였다. 어린 시절 성문이 무너져 50명 넘게 압사했던 사고가 발생했을 때 이후로 처음 울리는 경보였다.

"루시, 왜 그래?"

"클로드, 저렇게 많은 사이렌이 잇달아 울리는 걸 보면, 쓰레기 성벽이 일시에 무너질지도 몰라. 아, 베네딕트가 아직 저곳에 있을 텐데."

"만약 성벽이 무너지면, 루시, 무슨 일이 일어나지?"

"홍수! 온 동네가 물에 잠기고, 집이 무너지고, 수백수천의 사람들이 물에 빠져 죽겠지!"

"대피할 곳은 없니?"

"여기가 지대가 높으니까 이리로 모일 거야. 하지만 성벽이 무너지면 더 이상 안전지대는 없어."

"루시, 그렇다면 난 귀가 안 들릴 거야. 힙 하우스에서 겪은 폭풍보다 천 배는 더 심하겠지. 만약 내가 사물들의 소리를 들을 수 없다면, 그들에게 명령을 내릴 수도 없어."

"내가 같이 있는 게 더 안전할 거야. 안 그래?"

"하지만 어떤 의미로는 기회야. 혼란을 틈타 잠입해서 할아버지를 찾아야지."

"오, 클로드. 정말 어리석어."

"그게 나인걸."

♠

별안간 적막이 감돌았다. 마치 파도 속에 깊이 잠수하기 전에 공기를 잠깐 쐬는 것처럼, 비명 지르기 직전에 숨을 꿀꺽 들이마신 것처럼. 아, 얼마나 긴장된 침묵인가. 그러더니 멀리서 곤충이 윙윙대는 소리가 들렸다. 저음이 점점 더 커지고 마침내 소음의 정체가 드러났다. 까마귀의 회합, 갈매기들의 난투극, 쥐들의 재앙, 그리고 이레몽거들의 우왕좌왕, 여기에 또 하나 가세한 것은 바로 사람들이 공포에 질려 울부짖는 함성이었다.

"모두 이리 온다고?" 클로드가 말했다.

"아마도. 다들 혼란에 빠졌으니 통제가 어려울 거야."

"네놈들은 누구냐?"

그때 계단을 올라온 사람들이 우리를 향해 소리쳤다. 가죽을 입고 두건을 둘러쓴 덩치 큰 녀석들이었다. 나는 클로드를 쳐다보았다.

"루시, 네 단추 소리 외에는 아무 소리도 안 들려. 분명히 저들은 롤링처럼 레더맨들이야." 클로드가 속삭였다.

"여기서 뭐 하는 거야? 여긴 징발된 곳이라 출입 금지야!"

"그런가요? 누가 결정한 거죠? 여기는 내가 태어나 자란 곳이에요."

"움비트 주인님의 명령이야. 벌써 인수인계까지 다 끝났다고."

"아, 그래요? 저 소리 들려요? 우르릉 소리?" 내가 물었다.

"물론 우리도 들리지. 쓰레기 더미가 흥분한 거야." 그들이 말했다.

"아니요." 내가 말했다. "저건 쓰레기 더미의 소리가 아니라 파울샵 주민들의 외침이에요. 당신들도 짐작하겠지만, 주민들은 홍수를 피해 이리로 몰려들 거예요. 지금 당장이라도 이 집의 문을 부수고 들어올걸?"

음, 썩 훌륭한 설교는 아니었지만 괜찮은 시작이었다. 내 설교를 듣고, 멍청한 레더맨들은 서로의 얼굴을 보더니 직접 확인하러 계단을 내려갔다. 필칭의 낡은 건물들이 쓰러지는 거대한 소음이 메아리치면서 추하고 일그러지고 기형적인 소리가 났다. 클로드의 귀에 어떻게 들렸는지는 주님만이 아실 것이다. 우리도 아래층으로 내려갔다.

"너희들 어디 가니?" 그들이 말했다.

"바깥에. 여기에 있지 말라면서요?" 내가 말했다.

"그렇군. 빨리 떠나렴. 그런데, 쟤는 왜 그래? 아주 상태가 이상한데?"

옆을 보니 얼굴이 새파랗게 질린 클로드가 온몸을 사시나무처럼 떨고 있었다. 틀림없이 저 굉음이 그의 머릿속에 벽력처럼 들리는 게 분명했다. 클로드가 소음에 미쳐버리기 전에, 어서 내가 그를 베이리프 하우스로 데려가야 한다.

"그냥 좀 예민할 뿐이야. 너희들과 달리, 얘는 귀한 집 자손이거든."

나는 레더맨에게 대충 둘러대고 집 밖으로 나섰다. 멀리서 주민들이 우리가 있는 곳을 향해 달려오고 있었다. 가야 해. 클로드. 저기 베이리프 하우스가 있어. 여전히 거무스레한 연기를 내뿜는 굴뚝은 스산하고 불쾌했다. 나는 주민들의 함성을 뒤로 하고, 클로드를 끌고 가장 높은 언덕 위 베이리프 하우스 앞에 도착했다.

제3부

베이리프 하우스 공장

무공 메달을 단 무어커스 이레몽거와 그의 수호물 토스트랙

제22장

성문에서

루시 페넌트의 이야기는 계속된다

보초병은 공장 문을 올려서 닫고 자물쇠를 채우고 있었다.
"우리를 들여보내 줘요." 내가 말했다.
"입장 금지! 이건 명령이야." 보초병이 말했다.
"사이렌 소리 못 들었어요? 홍수가 나면, 사람들이 죽을 거예요."
"내가 어쩌겠어? 난 명령을 따를 뿐이야."
"들어봐요, 돈을 줄 테니까 들여보내 줘요. 이 친구는 이레몽거 가문의 순수혈통이니 베이리프 하우스에 있어야 해요."
"아무도 통과시키지 말라는 명령이야. 예외는 없어."
"클로드 이레몽거가 왔다고 전해줘요."
"그게 나랑 무슨 상관이람."
스무 명이 넘는 이레몽거 경찰이 달려왔는데, 그중 혼자 황동 헬멧을 쓴 장교는 자신을 고귀한 신분으로 여기는 듯했다. 그의 무공메달이 눈에 익었다. 아, 무어커스 이레몽거! 그는 클로드의 사촌 터미스를 죽음으로 몰고 갔던 사람이다. 어떻게 하지? 그때 그의 수호물 롤랜드 쿨리스가 목줄에 매인 개처럼 뒤따라오는 모습이 보였다. 기회가 있다면 롤랜드가 우리를 도와줄 거야.

누더기와 헤진 가죽을 걸친 파울샴 사람들이 우리 뒤로 몰려들었다. 수레에 실린 노인들, 변변치 않은 세간살이와 아이들을 둘러업은 이들이 굶주림과 절망에 빠져 있었다. 내게도 공포가 밀려들었다. 선점한 위치를 뺏기지 않으려고 나도 모르게 그들을 밀쳐내고 있었다. 클로드는 영혼까지 공포에 갇혀 먹힌 듯 고개를 떨구고 있었다. 사람들이 몰려들수록, 그는 아무 소리를 들을 수 없었다. 그때 무어커스가 앞으로 나서 소리쳤다.

"즉각 해산하라. 여기는 사유지야. 회합은 허용되지 않는다."

"너도 사이렌 소리를 들었지? 위험 경보잖아." 누군가 외쳤다.

"아무것도 위대한 성벽을 뚫지 못해. 나의 할아버지이자 주인이신 움비트님께서 포고문을 발표하셨다. 다들 동요하지 말고, 안전한 집으로 돌아가."

하지만 무어커스의 얼굴은 벌써 사색이 되었다. 그의 발표를 듣고 많은 이들이 항의를 멈췄고, 몇몇은 집으로 돌아가야 한다고 수군댔다.

"지금 당장 집이 무사한지 확인해야겠지? 보고에 따르면, 약탈자들이 돌아다닌다던데. 서둘러 돌아가지 않으면 너희 재산이 강탈당할지도 몰라."

그의 말에 놀란 몇몇 무리는 마을로 쏜살같이 뛰어갔다. 공식 발표는 뭐든 믿고 따르는 자들은 끝내 죽을지도 모를 저지대로

가고 있었다. 아, 지금이 아니면 기회가 없다.

"거짓말이야! 사이렌 소리가 안 들려요? 귀먹었어요? 저건 위험 경보야. 성벽이 곧 무너질 거야!"

내가 소리치자, 돌아가던 몇몇은 그 자리에서 멈췄다.

"입 다물어, 아가씨." 보초병이 으름장을 놓았다.

클로드는 아무것도 듣지 못했지만, 고통스러운 미소로 내게 격려를 보냈다. 나는 계속해서 소리쳤다.

"죽고 싶으면 떠나요. 하지만 우리는 성문을 통과해 고지대로 가야 해요. 그리고 언제까지 이렇게 당할 건가요? 저들은 우리를 쓰레기산에 익사하게 버려두고, 아이들을 빼앗아 갔어요. 지금 저 건물에 우리 아이들이 잘 있는지 반드시 확인합시다. 우리를 들여보내 달라고요!"

"우리를 들여보내라!" 제니가 군중 속에서 소리쳤다.

"우리를 들여보내라!" 버그와 학교 친구들도 입 모아 소리쳤다.

"너희들은 이미 보상을 충분히 받았어. 그리고 티켓이 된 아이들은 모두 잘 지내고 있어."

완전히 파랗게 질린 무어커스가 변명했다.

"어떻게 알아? 우린 한 번도 아이들을 본 적이 없어."

내가 소리쳤다.

"맞아, 아무도 본 사람이 없어."

여기저기서 항의하는 목소리가 터져 나왔다.

"파울샴 주민 여러분, 저기 베이리프 하우스가 안전하고 무엇보다 우리 아이들이 있어요. 저 성문을 넘어야 해요." 나는 내 머리칼처럼 얼굴이 빨개져서 함성을 질렀다. "우리를 들여보내! 우리를 들여보내라!"

"우리를 들여보내라! 우리를 들여보내라!"

아, 얼마나 많은 합창인가? 파울샴 주민들은 전의에 불타는 군대가 되었다. 무어커스의 손이 떨리고 있었다. 그는 빛나는 권총을 꺼내 공중으로 발사했고, 수백 명의 머리가 움찔했다.

"파울샴 주민들은 저런 어린애의 징징거림에 속아 넘어갈 정도로 어리석나? 저 여자가 누군지 알기나 해? 그녀는 이레몽거 경찰이 수배 중인 도둑이고 살인자야. 재단사와 한패라고!"

무어커스가 외쳤다.

"정말? 저 소녀가?" 사람들이 떠들썩하게 외쳤다.

"아니, 아니에요. 난 고작 열여섯 살짜리 소녀일 뿐이에요. 부모님이 물건으로 바뀌기 전까지 평생 파울샴에서 살았어요. 이제 성벽이 무너지면 모두 익사할 거예요. 무어커스 이레몽거, 우리를 들여보내라!"

"우리를 들여보내라! 우리를 들여보내라!"

"제발, 우리를 들여보내 주시오."

한 노인이 흐느껴 울며 읍소했다.

"해산을 명령한다. 마지막 경고야."

"무어커스! 우리를 당장 통과시켜!"

그때 비로소 그는 나와 내 옆의 클로드를 알아보았다. 시끄러운 소란 때문에 그의 음성은 들리지 않았지만, 입술 모양은 분명했다. "클로드 이레몽거."

그는 권총의 방향을 돌려 클로드를 겨누려고 했다. 그의 얼굴에 떠오른 증오의 표정이란! 나는 클로드를 보호하려고 했지만, 보초병이 내 입을 틀어막고 내 목을 조르려 했다. 클로드가 재빨리 뛰어들어 보초병을 제압한 뒤 그의 제복을 북북 찢었다. 허공에 놋쇠 단추가 날아다녔고(베네딕트가 있었다면 분명 그 단추를 좋아했겠지?), 보초병은 자기 몸에 난 큰 구멍에 놀라 뒤로 물러났다. 그 찢어진 구멍에서 모래가 콸콸 쏟아져 나왔다. 모두 입을 딱 벌리고 그 광경을 지켜봤다.

"진짜 사람이 아니야. 이럴 수가."

"그는 모래로 만들어졌어. 저건 사람이 아니야."

"제군들. 성문을 지켜라! 폭도들이 해산 명령에 불응하면 발포하라!"

무어커스의 명령에 따라 소총으로 무장한 병사들이 성문과 철책 앞에 배치되었다. 아마 쏘지는 못할 거야. 아니, 우리를 쏠 거야. 우리는 아무 의미도, 아무 가치도 없으니까, 저들은 냉혹하게 살인할 것이다.

"조준!" 무어커스가 명령했다.

적어도 20발의 총구가 성문 앞의 군중을 향해 겨누었다. 오, 클로드. 그런데 별안간 하늘이 시커멓게 변했다. 그동안 베이리프 하우스 앞에서 보초병들과 대치하느라 반대 방향에 있는 런던 쪽 성벽은 신경 쓰지 못했다. 그런데 이제 똑똑히 목격할 수 있었다. 불! 파울샴이 불타고 있었다. 시커먼 연기가 뿜어나오는 곳은 베이리프 하우스가 아니라 거리와 마을 전체를 뒤덮고 있었다.

"우리를 들어가게 해 줘! 불이야. 오, 도와주세요!" 사람들이 절규했다.

보초병들조차 거대한 불꽃을 응시하느라 총구를 내렸다. 파울샵의 절반이 화염에 휩싸여 빠르게 전소되고 있었다. 그리고 느닷없이 쥐 떼들이 출현했다.

쥐들! 우리의 발뒤꿈치 사이를 빠져나간 쥐들이 순식간에 성문을 통과했고, 온통 검은 들판을 이루었다.

"안으로 후퇴해! 빨리 도망쳐 숨어라!"

무어커스가 병사들에게 퇴각 명령을 내렸다.

이레몽거들은 전력을 다해 성문 안으로 뛰어들었고, 쓰러진 이들은 끔찍한 쥐 떼의 습격을 받아 숨을 거뒀다. 파울샵 사람들은 철책을 넘어 굳게 닫힌 성문을 힘껏 밀었다. 공포에 질린 사람들은 누구든 개의치 않고 무작정 짓밟고 넘어갔다. 점점 가까워지는 불길과 화염이 그들을 그렇게 몰아갔다. 클로드를 구할 아이디어가 떠올랐다. 나는 클로드를 철책 옆으로 올린 다음, 사람들의 물결을 타고 성벽 너머로 조금씩 밀어 올렸다. 위로, 조금만 더 위로. 이제 그의 발꿈치는 내 손을 떠났다. 그는 성벽 너머로 떨어졌고, 나는 파울샵 사람들과 성벽 밖에 남았다.

내 사랑, 클로드. 이렇게 너를 떠나보내다니! 하지만 곧 내가 따라갈게. 이제 성문은 더 버틸 수 없어. 그렇지? 인파에 떠밀려 철책이 산산조각 부서져 내 몸을 꿰뚫을 것으로 생각했다. 실제로 철책이 내 안에 관통했다. 나는 눈을 꼭 감고, 얼굴을 가리고, 몸을 웅크리고, 그 순간을 기다렸다.

그런데 그녀가 거기에 있었다.
성냥개비 여자, 바로 나의 수호물.

제23장
성문 너머에서

클로드 이레몽거의 이야기는 계속된다

성문 안에서

성문은 파울샴 사람들의 무게에도 굴하지 않았다. 꼼짝없이 갇힌 사람들. 오, 나의 루시는 어디에 있을까? 그래도 내 사랑을 저 아수라장에 남겨두고 나는 전진해야 한다. 더는 그런 울음이 들리지 않도록, 목소리를 가진 사물들을 소환하고 명령해서 이 공포를 끝내야 한다.

서둘러, 클로드. 더 서둘러야 해.

나는 베이리프 하우스 건물 내부로 들어갔다. 내 귀는 피가 나서 먹먹했고, 머릿속에는 불쌍한 사물들이 내는 소리가 백 개의 종처럼 울렸다. 고통스럽게 외치는 너무 많은 이름들. 각각의 사물들이 내게 자기 얘기를 들으라고 소리치고 애원했다.

"여보세요! 다들 어디 있어? 클로드가 돌아왔어. 내가 클로드라고!"

갈매기 하나가 내 뒤에 날아와서 소리를 지르며 위협했다. 나는 갈매기를 피해 뛰어갔다. 등 뒤로 누군가의 음산한 기척이 느껴졌다. 그림자처럼 벽을 따라 살금살금 움직이지만, 막상 내가 돌아서면 아무것도 보이지 않았다. 단지 검은 연기가 어두운 피의 정맥이 흐르듯 건물 천장과 텅 빈 통로 사이를 기어갈 뿐이다. 하지만 분명 누가 있다. 내 청력이 돌아온다면 사물의 소리로 정체를 찾을 수 있을 텐데.

모두 어디 있지? 이 황량하고 버려진 공장에 너희는 어디에 있는 거야?

저기 있다! 검고 따분한 제복에 곤봉과 단장을 들고 행진하는 수백 명의 레더맨들. 연기 나는 저택에서 당황은커녕 침착함을 유지하고 있는 그들은 입에서 검은 연기가 흘러나온다. 저들은 흙으로 된 창자, 톱밥으로 만들어진 영혼, 할아버지의 위대한 군대였다. 성문을 부수고 진입하려는 파울샴의 군중을 진압하기 위해 출동 중이다. 나는 레더맨들과 반대로 아래층으로 내려가기로 했다.

또다시 검은 연기가 회랑의 천장을 따라 뱀처럼 뻗어가고 있다. 아주 치명적인 독성이 있을 것 같은 타르가 뚝뚝 떨어지고 있었다. 점점 더 아래로, 아래로.

"할아버지! 할아버지!"

할아버지를 부르며 나는 아래로, 아래로 내려간다.

드디어 나선형 계단 아래에 누군가 내게 응답하고 있다. 그는 내 이름을 부르고 있다.

나의 사촌

한눈에 그가 누구인지 알아봤다. 그는 내 심장의 일부, 피와 뼈 일부이니까. 큰 키에 깡마른 체격, 실처럼 가는 머리칼, 가죽 롱코트를 입은 그는 옛 모습 그대로이고, 갈매기 한 마리가 그의 주변을 날아다니고 있다.

"터미스! 터미스 이레몽거!"

내가 사랑하던 착한 녀석, 쓰레기산에서 실종되어 세상을 떠난 나의 친구.

"오, 클로디우스, 내 친구야! 이 어둠과 검댕의 날들을 지나고 너를 만나다니!"

영원히 침묵한 줄 알았던 그의 목소리를 다시 듣는 날이 오다니…

"클로드! 난 쓰레기산 아래로 추락했고, 한순간 죽음의 흙더미를 맛보았지. 하지만 그 흙 맛은 정말 싫더군. 흙을 뱉고 정신을 차려보니, 여기로 다시 돌아온 거야. 나조차 믿기 힘든 일이야. 하지만 네가 나를 볼 수 있다면, 분명히 내가 살아난 것이겠지?"

그런데 그건 나의 착각이었다. 그의 곁에 맴도는 동물은 갈매기가 아니라 희끄무레한 털빛의 고양이다. 비록 그가 모든 동물을 사랑했지만, 고양이와 함께 있는 모습은 본 적이 없었다.

"어서 와, 클로드, 이 콧물쟁이 친구한테로 와."

그렇다면 저 사람은 터미스가 아니다. 그의 코에서 흐르던 콧물조차 보이지 않는다. 아마 그의 수호물 수도꼭지와 떨어져 있던 탓에 콧물이 말라버렸을까? 하지만 그가 자신의 수호물 힐러리 에블린 없이 어떻게 생존할 수 있을까? 그 끔찍했던 밤에 내가 수도꼭지의 소리를 들으려 했었지. 그래, 그런데 수도꼭지는 이미 죽어 있었고 아무 소리도 들을 수 없었다.

"클로드, 뭘 꾸물거리고 있어? 어서 나를 따라와."

그는 반가운 듯 팔을 활짝 벌렸는데 어딘가 어색했다. 그의 팔은 예전보다 좀 더 짧고, 그리고 팔 끝에는? 거대한 박쥐 같은 것? 아니, 저것은 흔히 보이는 우산이다.

멈춰, 클로드. 저것은 터미스인 척하는 가짜야. 내게 덫을 치고자 가짜 터미스가 소환된 것이다. 불이 난 것일까? 검고 뜨거운 연기가 회랑의 앞뒤, 위아래로 번지고 있다. 연기가 자욱한 가운데 무언가 작은 금속이 반짝였다. 불현듯 나는 깨달았다. 과거 어느 날 밤에 봤던 바로 그 황동 커튼 링!

귀를 기울여라. 저 반지가 내는 소리에 귀를 기울여라.

'나는 아가사 필, 항상 그녀와 함께 있지.'

그리고 가짜 터미스가 들고 있는 우산도 속삭인다.

'나는 바나비 맥밀런이야. 제발 나를 풀어줘!'

가짜 터미스의 코가 눈에 띄었다. 접착제의 흔적, 터미스의 코 모양으로 주조된 인조 코, 그러나 콧물이 흐르지 않는 코. 저들이 나를 속여 무장 해제시킬 생각이구나.

'언리! 언리!'

'오타! 오타!'

가짜 터미스와 고양이의 내부에서도 소리가 들렸다. 그러자 터미스의 환영이 사라지고, 내가 알지 못하는 다른 사람이 등장했다. 코가 있어야 할 자리에 구멍만 있는, 그 외에는 아무 특징이 없는 남자다.

  나는 그 공포의 현장을 벗어나 베이리프 하우스 속으로 더 깊이 도망치기 시작했다. 저택 깊숙이 들어갔을 때, 산더미 같은 짐들이 곧 이곳을 떠나기를 기다리는 듯 가득 쌓여 있다. 그때 어둠 속에서 드러난 아름다운 두 여인상, 늘 할머니의 벽난로를 떠받치던 대리석 조각상이 나무 수레에 옮겨지고 있다. 그렇다면 그분도 이곳에 계실 것이다.

  "클로디우스, 드디어 네가 왔구나!"

  "안녕하셨어요, 할머니."

  나는 힘없이 대답했다.

파울샴의 학교 친구들

제24장
진격하는 파울샴의 군대

루시 페넌트의 이야기가 마무리된다

제니가 어둠 속에서 내 빨간 머리를 잡아당겨 간신히 나를 끌어냈다. 파울샴 곳곳에 연기와 그을음에 뒤섞여 사람들의 비명이 들렸다. 오늘이 지나면 과연 뭐가 남을까? 이제 이레몽거를 쓰러뜨리는 것보다는, 오로지 생존만이 목표가 되었다. 연기를 들이마시지 않고 일 분, 또 일 분을 버티다 보면, 아마 또 다른 날에 숨 쉴 수 있을 것이다.

"그녀가 가까이에 있어. 아주 가까운 곳에." 내가 외쳤다.

"무슨 뜻이야?"

자욱해지는 연기 속에서 제니와 버그 주위로 학교 친구들이 모여들었다.

"저 안으로 들어가야 해!" 나는 심한 기침을 가까스로 참으며 말했다. "다들 뭉쳐서, 어서 들어가자! 안으로!"

♠

차마 눈 뜨고 볼 수 없는 광경이었다. 온 세상이 기울고 부서졌으며, 태양은 사라지고 빛과 생명은 영원히 돌아오지 않을 듯했다. 성문 안으로 대피하려는 파울샴 주민들과 진압을 시도하는 무리가 서로 충돌하여 곳곳이 아수라장으로 변했다. 레더맨들의 입에서 흘러나오는 검은 연기가 파울샴에서 피어오르는 회색 연기에 뒤섞여 공중을 떠돌았다.

대략 30명 정도 남은 우리는 숨 쉴 공기를 찾아 파이프 배관을 따라 달리고 또 달렸다. 그 끝에 닿은 곳은 바로 공장이었다! 그곳에는 온통 증기 폭발음과 쾅쾅대는 쇳소리가 가득했고, 제복 차림의 사람들이 분주히 움직이고 있었다. 바깥의 혼란은 무시한 채, 용광로는 가동 중이었고, 검은 제복 차림의 수천 명의 노동자들이 금속 팔이 오르락내리락하며 바퀴 달린 기계를 돌리고 있었다. 공장 한쪽 끝에 있는 거대한 창고에서 배 한 척 크기만큼 높이 산적한 쓰레기 더미가 계속 실려 왔다. 공장 안에는 종소리와 망치질, 제품번호를 주문하는 소리가 가득했는데, 그들에게 작업을 멈추고 대피하라고 말해주는 이들은 없었다. 그리고 문어 다리처럼 파이프들이 한데 얽힌 컨베이어 벨트 끝에 아이들이 스무 명 남짓 있었다. 아이들 얼굴에 묶어 놓은 고무 깔때기를 통해 파이프의 다른 한쪽 끝에 있는 레더맨에게로 숨결을 불어넣고 있었다.

"아이들! 저기 아이들이 있어!" 내가 소리를 질렀다.

얼마나 잔인한 사업인가! 나와 함께 있는 파울샴의 아이들은 이 모든 광경을 목격했다. 이것이 그들이 꿈꾸고 바랐으며, 그들에게 일어났을지 모르는 인생이었다. 누가 말할 틈도 없이, 우리 모두 아이들을 풀어주려고 달려갔다. 또 한편으로는 바닥에 널린 유리 조각들을 집어 들고 사방에서 달려드는 레더맨들의 가죽을 찢으며 싸웠다. 내가 소화기를 들어 내려치자, 레더맨은 펌프가 터지듯 검은 연기 덩어리를 내뿜으며 폭발했다. 마침내 아이들은 구조되었다. 그런데 이제 어쩌지? 루시, 어서 아이들을 안전한 장소로 옮겨야 해. 베이리프 하우스의 사무실로 뛰어가 방마다 문고리를 잡아당기며 은신처를 찾으려 했다. 아래층에서 철제 계단을 내려가는 발소리가 들렸다. 저 아래쪽에는 숨 쉴 곳이 있을까? 아래로, 더 아래로 달려갔다.

  그때 갑자기 들려온 커다란 파열음, 붕괴, 엄청난 암흑, 그리고 추락.

이레몽거 가문

제25장

혈통

클로드 이레몽거의 이야기가 마무리되다

오, 나의 가족

할머니는 도회지 스타일의 화려한 모자가 바람에 날아가지 않게 실크 스카프를 동여맸다. 첫 나들이라 그런지 할머니가 상아 지팡이에 기대어 서 있는 모습이 매우 기묘하고 낯설게 보였다. 마치 등 껍데기가 사라진 거북이처럼 말이다.

"클로디우스. 드디어 왔구나. 정확히는 11시간 만에 나타났어. 그것도 더럽고 피투성이로 말이지. 그런 꼴로 네 초상화를 그린다면 어떻게 보이겠니?"

"그래서는 안 되겠죠, 할머니." 나는 간신히 입을 열었다.

"어떤 이레몽거도 그런 오물을 뒤집어쓰고 있어선 안 돼. 아이리스의 아들아, 가까이 와서 이 할머니에게 키스해 주렴."

연기가 조금 걷히자, 그곳이 어디인지 알아차렸다. 베이리프 하우스의 기차역, 그리고 그 플랫폼에는 가족 모두가 모여 있다. 제복을 갖춰 입은 하인들 가운데 스터리지 집사와 가정부 피그고트, 요리사 그룹 부부, 반짝반짝 광택이 나는 부집사 브릭스도 있다. 그리고 이레몽거 하인들이 허리 굽혀 내게 인사했다.

당신들, 왜 그러는 거야?

겸자를 들고 있는 의사 알리버 삼촌도 웃으며 고개를 끄덕였다. 놋쇠 문고리를 든 로사무드 이모는 인자한 미소를 띠고 있어서 다른 사람으로 착각할 정도였다. 앨리스 힉스, 작은 놋쇠에 갇힌 작은 소녀는 다시금 로사무드 이모의 손아귀에 잡혀 있다. 이 잔인한 저택의 관리자 팀피 삼촌은 돼지코 호루라기를 입에 물고 있고, 그의 쌍둥이 형이자 수호물의 총재 이드위드 삼촌은 제랄딘 화이트헤드를 꼭 쥔 채 언제나처럼 활짝 웃고 있다.

다른 이들도 보였다. 사촌들은 모두 세상이 두 쪽 나더라도 수호물을 꼭 쥐고 있었다. 물뿌리개를 들고 있는 창백한 얼굴의 오밀리. 오, 네가 가짜 테미스를 보지 않아서 얼마나 다행인가. 보노비는 수호물인 신발을 어깨춤에 걸치고 있었고, 사촌 풀과 테비도 있었는데 지난번 본 이후로 서로 결혼한 게 분명했다. 포이 사촌은 체중이 10파운드나 더 늘었다. 그리고 한때 나의 약혼자였던 피날리피. 나는 저 어두운 입술과 영원한 작별을 했으니, 도일리를 만날 일은 앞으로 없을 것이다. 그런데 그녀가 나에게 손 키스를 연신 날리고 있다.

왜 그들은 내게 달려들어 짓밟는 대신, 나를 쳐다보고 웃고 고개를 숙이며 인사하고 있을까?

갑자기 쿵쿵 소리가 들렸다. 혹시 내게 총이 발사된 것일까? 하지만 곧 깨달았다. 가족들과 하인들이 발을 구르며 우레 같은 박수를 보내고 있었다. 뭔가 잘못되었다.

"그만! 당신들 도대체 왜 그러는 거죠?" 내가 말했다.

"이리 와서 내게 키스해라." 할머니가 말했다.

이제껏 할머니를 거역하지 못했던 나는 지금도 별 도리가 없었다. 할머니 앞으로 다가가서 몸을 기울이고 그분의 거미줄 같은 뺨에 키스했다. 마치 나방과 파리와 거미처럼 할머니의 회색 머리카락에 휘감긴 것 같았다. 가족의 혈연이, 뇌물과 죄책감의 매듭이 나를 목 조르고 영혼을 익사시켰다.

"착한 아이야. 너는 언제나 이레몽거야. 클로디우스 이레몽거."

"제가 제대로 하지는 못하지만, 그런 것 같아요."

"말도 안 돼! 똑바로 서라! 숨을 크게 들이마셨다가 내뱉어! 그래, 한결 낫지? 네가 가장 쓸모 있었다. 클로디어스, 네가 아니라면 결코 재단사를 얻지 못했고, 또 리핏도 찾지 못했을 거야."

"아니에요! 전 절대…." 내가 외쳤다.

"클로드, 네가 해낼 줄 알았어. 왜 우리가 가족의 애정과 보호의 품에서 네가 벗어나도록 했겠니? 우리는 네가 작은 방황을 하는 동안 네 목줄을 풀어놓았고, 때가 무르익었을 때 목줄을 잡아당겼어. 너의 약한 심장을 감싸는 혈관을 잡아당겨서 여기에 네가 나타난 거야. 진정한 이레몽거는 늘 제자리로 돌아오는 법이지. 넌 아이리스의 아들답게 아주 용감했어."

"할머니. 저는 이레몽거의 자격이 없으니까 쫓겨나야 마땅해요. 안녕히 계세요. 이제 저는 떠나…."

"클로드, 어디로 가겠다는 거니?"

"파울샴으로요."

약간의 웃음, 아주 희미한 빈정거림.

"파울샴은 이제 끝났다, 클로드. 힙 하우스는 무너졌고, 내 방도 흙먼지 속에 몰락했다. 런던이 파울샴을 파괴했어. 곧 그들도 이 결정을 후회할 거다."

"모두 사라졌다니! 그게 진실이에요? 하지만 우리가 도와야 해요. 몇몇이라도 구조해야죠. 나의 루시도 저 위에 있어요!"

"아직도 아이로구나. 용기도 없고, 기백도 없다니… 클로드, 어른이 되었으면, 그것에 맞게 행동해야지. 우리는 너를 기다렸고, 네가 도착했으니 이제 떠나야지."

"잠깐, 저를 기다렸다고요?" 나는 더듬더듬 말했다.

"클로드. 우리를 여기로 부른 게 너야. 네 행동이 용기를 줬어. 더구나 로사무드의 사생아 비나디트까지 찾은 것은 정말 예상치 못했던 수확이지. 아주 옛날 밀크럼이 쓰레기산에서 익사한 후, 로사무드가 버렸는데 그 죄의 씨앗이 돌아온 거야."

"베네딕트 말인가요? 베네딕트 팁?"

"나는 비나디트 이레몽거, 사랑스러운 사생아를 말하는 거야. 쓰레기가 그를 쫓지 못하게 납으로 된 마차에 실었다. 이제 우리 가족은 완벽히 준비되었으니 저 터널을 따라 가면 돼."

"런던으로?"

"그래, 런던으로 가서 우리의 덫을 놓고 독을 퍼트릴 거야. 또 다른 아침을 맞이해야지. 이 터널은 런던 바로 아래까지 뚫어 놓았어. 우리는 과거의 맹세를 깨뜨리고 런던으로 진출할 거야."

"하지만… 터널이라니, 언제 어떻게?"

"움비트의 영리한 바보들이 해냈지."

"내 레더맨들, 내 더러운 군대라고 해야겠지."

굵은 목소리가 들려왔다.

'잭 파이크, 잭 파이크.'

"할아버지!"

군중이 늘어선 반대 방향에서 길고 거대한 노인, 암울함 그 자체, 나의 할아버지가 모습을 드러냈다. 지금 당장 맞서야 해!

"제가 여러분들을 불러요. 퍼시 하치키스, 리틀 릴, 거니 씨, 알버트 폴링, 앨리스 힉스, 존 줄리어스 미들턴, 뮤리엘 빈튼, 페르디타 브레이스웨이트, 모두 나오세요! 제랄딘 화이트헤드, 할아버지를 공격해요! 지금 빨리요!"

아무것도 움직이지 않았다.

오밀리의 물뿌리개가 그녀의 손에서 잠깐 실룩거렸을 뿐이었다.

"내 명령입니다! 심슨 중위, 애너벨 카루, 에이미 아이켄, 마크 시들리, 글로리아 엠마 어팅, 모두 공격하세요!"

물뿌리개, 신발, 아령, 심지어 유모차까지 공중에 떠서 할아버지 쪽으로 방향을 틀었다. 그러나 할아버지가 다가오는 수호물들을 보고 파리를 내쫓듯 손을 흔들자, 그것들의 짧은 비행은 끝나고 모두 바닥에 떨어졌다.

"할아버지, 제가 당신을 해치울 작정이에요!" 내가 소리를 질렀다.

"그러니, 클로드?"

"움비트, 저 아이는 우리 혈통이에요. 아이리스의 아이라는 걸 기억해요."

"아이리스는 죽었어, 옴마발. 그 아이는 다시 돌아오지 않아."

"마님, 시간이 얼마 없어요. 이곳까지 불이 번졌어요!"

가정부 피그고트가 앞으로 나오며 말했다. 정말 연기가 다시 피어오르고 있었고, 모두의 얼굴에 땀이 줄줄 흘렀다.

"자, 여기 리핏이 부활했구나." 할아버지가 말했다.

할아버지의 뒤로 이상하게 쪼그라들고 납작해진 리핏이 보였다. 마치 누가 그의 뼈를 장난삼아 녹이려다 중간에 멈춘 것 같았다. 리핏의 손에 들린 녹슨 편지 칼을 보고, 나는 알렉산더 에르크만을 알아보았다.

"리핏." 사촌 리핏이 말했다.

"안녕, 사촌. 또 너구나." 나는 약간의 용기를 내어 말을 걸었다.

"리핏." 그가 말했다.

"그는 리핏밖에 말하지 못하나요?" 내가 물었다.

"리핏." 리핏이 말했다.

"당분간은 그렇지. 적당한 때에, 그를 원래대로 돌려놓을 거야. 리핏이 너의 동행이 되어야 할 테니까."

할아버지의 말씀이 끝났을 때, 리핏이 주머니에서 더러운 손수건을 꺼냈다. 그건 리핏이 힙 플라스크였을 때 그를 싸고 있던 바로 그 천이었다. 그리고 작은 소리가 흘러나왔다.

'제임스 헨리 헤이워드.'

"네가 제임스 헨리를 데리고 있구나!" 내가 소리쳤다.

"그래, 얘야. 리핏이 잠시 네 마개를 보관할 것이다. 네가 마개를 가질 자격이 생길 때까지." 할아버지가 말했다.

'제임스 헨리 헤이워드! 제임스 헨리 헤이워드!'

제발, 울지 마. 나의 마개야.

"클로디우스. 제발 이레몽거답게 굴어라!" 할머니가 나무랬다.

나뭇판자나 벽돌이 조금씩 터널 천장에서 플랫폼으로 떨어졌고, 몇몇 가족들이 비명을 질렀다. 달그락거리는 발소리와 함께 밉살스러운 언리와 오타가 함께 등장했다.

"베이리프 하우스가 무너지고 있어요! 공포에 질린 파울샴 사람들로 들끓고 있고, 곧 건물이 붕괴될 거에요!"

"자, 내 혈통을 이어받은 후손들아, 기차 안으로 들어가라. 이제 우리의 저주를 깨고 런던으로 갈 시간이다." 할아버지가 말했다.

"가끔은 짧은 휴가가 필요하지." 할머니가 말했다.

"기차를 타세요, 기차!" 스터리지가 외쳤다.

"전 여기 남겠어요. 루시, 루시!" 내가 버티려 했다.

"어림없는 소리! 피날리피와 곧 결혼할 텐데 장래를 생각하렴. 저 아이를 잘 붙잡아라!" 할머니가 말했다.

내 뒤에 서 있던 무어커스와 장교 몇 명이 나를 들어 종이 포장처럼 결박했다. 강제로 좌석에 앉힌 다음, 충혈된 눈으로 나를 노려보는 리핏을 옆에 앉혔다. 몸부림치려 했으나 소용이 없었다.

"루시! 루시!"

"그 아이는 죽었어, 클로드. 이 세상 사람이 아니야. 파울샴도 끝장났어."

할머니는 마치 재킷에서 단추가 떨어진 듯 냉랭한 어조로 말했다. 아주 끔찍한 흔들림과 균열, 붕괴가 차례로 이어졌다. 세상이 뒤집히고 곧장 무덤 깊은 곳에 파묻히는 듯했다.

"아, 파울샴이 무너지다니! 오, 나의 루시!"

기차는 내 흐느낌에 대답하듯 기적 소리를 내며, 앞으로, 런던으로 달렸다.

엘리노어 크랜웰

제26장
새로운 관찰 기록

런던 코노트 플레이스 23번지,
엘리노어 크랜웰의 이야기가 시작된다.

앞서 페피스[11] 씨가 했던 것처럼, 나 역시 모든 걸 기록한다. 그는 런던 대화재를 보았고, 나는 저 멀리 불꽃의 모습에서 아마도 비슷한 것을 목격할지도 모른다. 첫 폭발이 일어났을 때부터, 나는 창가에 앉아 있었다. 유모가 몇 번이나 내게 와서 그만 잠자리에 들라고 재촉했다. 저 불길은 코노트 플레이스까지 닿기 전에 꺼질 테니 걱정하지 말라고 했다. 사실 이 거리에는 이렇다 할 모험이 한 번도 없었다. 캐링턴 가족이 살았던 맞은편 집에 콜레라가 유행했던 사건만 빼면 말이다. 불쌍한 영혼들. 이제 그 집은 폐쇄되었고, 아무도 드나들지 않는다. 어쨌든 나는 무릎 위에 일기장을 올려놓고 내 자리를 묵묵히 지킨다.

바람이 심하게 분다. 거리에는 온갖 것들이 바람에 날려 흩어지고 있고, 우리 집도 오한에 걸린 듯 부르르 떨린다. 저 거센 불길

● 11   사무엘 페피스(Samuel Pepys)는 영국 해군 지휘관이자 문필가로, 1825년 출간된 런던 대화재의 참상을 생생히 기록한 일기를 펴냈다.

이 바람에 쫓겨날지, 아니면 이 바람을 타고 이쪽으로 번질지 걱정이다.

거리에 낯선 사람들이 나타났다. 마치 가족여행이라도 온 듯 번듯한 차림에 하인들과 짐들도 아주 많았다. 특히 높은 중절모를 쓴 노인 옆에 있는 노부인은 아주 특이한 의상을 차려입었다. 마치 어떤 의상을 입어야 할지 몰라서 괴상한 복장에 관한 지침서를 받은 사람처럼, 아니면 단지 지침서를 제대로 이해하지 못한 사람처럼 보였다. 그런데 그들이 콜레라가 돌았던 맞은편 집으로 가고 있다. 저 집은 폐쇄 구역임을 그들에게 말해줘야 한다.

아, 그런데 옆집 하녀가 거리로 뛰쳐나왔다. 그녀가 높은 중절모를 쓴 노인에게 다가가서 설명해 주는 듯하다. 한편으로 다행이었다. 아무리 봐도 나로서는 그들과 상종하지 않는 게 나을 것 같았으니까. 그런데 그 노인은 얼굴을 잔뜩 찌푸린 채 귀찮아하며 장갑 낀 손가락을 까닥였다. 아, 다음 장면은 설명하기 어렵지만, 적어도 내 눈으로 봤다는 것만은 맹세할 수 있다. 아무리 불가능한 사건이라도 똑바로 정신을 차리고 기록할 것이다.

자, 이제 적겠다.

노인이 손가락을 튕긴 순간, 그 불쌍한 하녀는 계단 아래로 굴러떨어졌다. 빙글빙글 돌고 자꾸 쪼그라들면서 한참을 굴러갔다. 이제껏 본 어떤 낙하와도 달랐다. 그리고 그녀가 땅바닥에 부딪히는 순간, 맹세코 그녀는 더 이상 사람이 아니라 보면대(譜面臺)였다. 음악 악보를 올려놓는 보면대. 그리고 일행 가운데 황동 헬멧에 무공메달을 단 어느 젊은 남자가 보면대를 발로 차서 길 건

너로 굴려버렸다.

　내가 그걸 봤어. 정말 맹세해.

♠

손이 너무 떨린다. 침착하고 분별력을 유지해야 한다. 그 이상한 가족이 길 맞은편으로 이사를 왔고 저 집을 아주 손쉽게 차지했다. 예전에 살던 캐링턴 가족은 어떻게 됐을까?

　내가 본 가족들을 설명한다면, 노인과 노부인, 헬멧을 쓴 남자, 장님과 그를 부축하던 호루라기를 입에 물고 있는 쌍둥이처럼 생긴 남자, 놋쇠 문고리를 휘두르는 왈가닥 중년 부인, 내 나이 또래로 거만한 표정의 여자, 그 옆에서 물뿌리개를 들고 있던 상냥한 금발 여자. 그리고 그들 뒤로 사람들이 차례로 들어갈 때마다 헬멧을 쓴 잘생긴 남자가 명단에 하나씩 표시를 하고 있었다. 마지막에는 다른 사람들의 절반 키밖에 안 되는 쪼그라든 남자가 있었고, 그 옆에는 흑발의 가르마가 인상적인 젊은 남자가 아주 괴로운 표정을 짓고 있었다. 그가 잠시 돌아섰을 때, 그의 눈 밑에 눈물자국이 보였고, 그의 옷매무새도 다른 사람들과 달리 흐트러져 있었다.

　그들은 누구일까? 대체 무슨 일이 일어나는 걸까? 그 슬픈 표정의 젊은이가 나의 시선을 느꼈는지 잠시 내 창문을 올려다보고 웃는 듯싶었다. 그러자 그의 옆에 있는 작은 남자가 강제로 그를 잡아끌고 집안에 들어갔다. 마지막으로 이상한 가죽옷 입은 남자들과 거인처럼 거대한 체구의 남자가 있었다. 밤을 틈타 온 가족이 그렇게 잠입했다. 거리의 가스등이 없었다면 보지 못했을 텐데. 그들은 아주 잘못되고 뭔가 금지된 구석이 있었다.

♠

드디어 아침이 밝았다. 모든 것이 꿈이겠지? 나는 평소에도 공상에 자주 빠졌고, 유모는 항상 나더러 책을 그만 읽으라고 잔소리한다. 어쩌면 창가에서 잠든 탓에 기묘한 꿈을 꿨던 것일까? 지금은 아침이고, 맞은편 집도 문이 굳게 닫혀 있고 그 안에 불쌍한 캐링턴 가족이 요양 중일 것이다. 정말 이상한 꿈, 하지만 너무 생생해서 차마 잊히지 않는 꿈.

나는 꼬마 하녀 마사에게 거리로 나가 구부러진 보면대를 찾아보라고 부탁했다. 그녀는 잠시 어리둥절하다가 내 뺨에 핏기를 되찾을 수 있다면 뭐든 하겠다고 약속했다. 그녀가 그런 물건을 찾지 못하면, 모든 것은 꿈일 것이고 나는 다시 평화롭게 잠들 것이다.

마사가 방금 들렀다 갔다.

내 손에는 보면대가 들려 있다. 이상하게 따뜻하다.

그때는 꿈이 아니었고, 단 한시도 꿈이 아닌 적이 없었다.

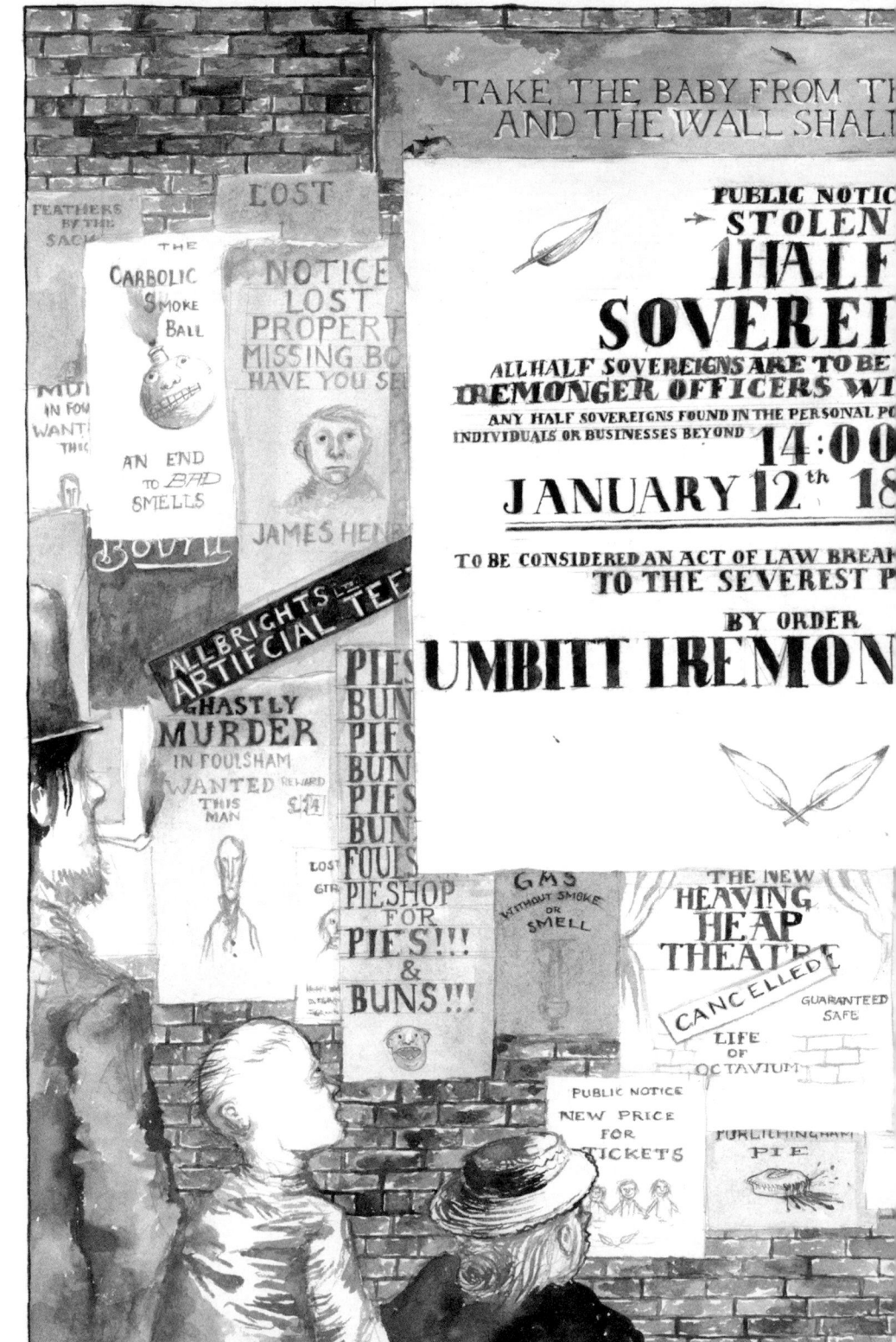

이레몽거 3부작
제2권 파울샴

1판 1쇄	2025년 12월 5일
ISBN	979-11-92667-82-9 (03840)
글·그림	에드워드 캐리
옮긴이	이지안
편집	김효진
교정	이수정
디자인	우주상자
펴낸곳	마르코폴로
등록	제2021-000005호
주소	세종시 다솜1로9
이메일	laissez@gmail.com
페이스북	www.facebook.com/marco.polo.livre

책 값은 뒤표지에 있습니다. 잘못된 책은 교환하여 드립니다.